Küste der Orangenblüte

Ich wuchtete den Einkaufskorb auf den Küchentisch und atmete schwer. Als ich wieder etwas besser Luft bekam, ging ich an den Kühlschrank und holte die Wasserflasche heraus. Ich hatte das Gefühl, mir klebte die Zunge am Gaumen fest. Ich trank hastig ein paar Schlucke aus der Flasche.

Ich war am Morgen schon in der Frühe aus Düsseldorf zurück gefahren. Dort war ich zwei Tage auf der Kindermode Messe gewesen. Mir gehörte eine kleine Boutique in der Kölner Innenstadt. Ich hatte mir vor drei Jahren meinen größten Wunsch erfüllt und sie übernommen, weil meine Vorgängerin mit ihrem Lebensgefährten nach Australien auswandern wollte. Nach anfänglichen Schwierigkeiten, lief der Laden jetzt richtig gut und ich konnte sogar eine Verkäuferin einstellen.

Auf dem Rückweg von der Messe war ich noch schnell im Supermarkt. Ich wollte für mich und Frank, meinen Freund, für das Abendessen einkaufen. Frank und ich kannten uns schon seit der Schule. Er war meine erste große Liebe. Jetzt mit Anfang Dreißig hoffte ich doch, dass er mir endlich einen Heiratsantrag machen würde.

Ich räumte den Einkaufskorb aus und verstaute die Lebensmittel im Kühlschrank und im Vorratsraum.

Wir waren vor einem halben Jahr in diese schöne Wohnung am Stadtrand gezogen. Sie lag in einer ruhigen Sackgasse, mit Blick in den Stadtwald.

Im Haus waren nur sechs Wohnungen und die Nachbarn allesamt sehr nett. Da hatten wir Glück gehabt. Direkt nebenan wohnte eine ältere Dame, mit der ich mich angefreundet hatte. Renate war Witwe. Ihr Mann war vor ein paar Jahren ganz plötzlich gestorben. Sie hatte keine Kinder und fuhr häufig nach Spanien, wo sie ein Haus besaß.

Ihr Mann war Spanier und die Beiden hatten vor, einmal ganz dorthin zu ziehen. Nun war es leider anders gekommen. Aber Renate konnte sich nicht von dem Haus trennen.

Ich ging auf den Balkon und setzte mich kurz in die Sonne, bevor ich anfangen wollte zu kochen. Renate saß ebenfalls draußen und las in einem Buch. Als sie mich sah, winkte sie und fragte:

„Wie war es auf der Messe, Andrea?"

„Anstrengend, aber interessant und erfolgreich. Ich habe ein paar schöne Sachen gekauft. Ich hoffe, ich treffe damit den Geschmack der Mütter!" sagte ich und lächelte. Kindermode ist Frauensache. Da hatten die Väter wenig Mitspracherecht.

Renate nickte mir freundlich zu und steckte die Nase wieder in ihr Buch.

Es war so schön warm in der Sonne. Ich wurde müde und schlief ein. Als ich erwachte, war die Sonne schon hinter einem Baum verschwunden.

Ich schaute auf die Uhr. Ich hatte tatsächlich eine ganze Stunde geschlafen und stand mühsam auf, denn meine Position im Gartenstuhl war alles andere als bequem gewesen.

In der Küche holte ich Tomaten, Zucchini und Paprika aus dem Vorratsraum und kochte ein leckeres mediterrane Gemüse. In einem anderen Topf war die Pasta auch fast fertig. Ein Blick auf die Uhr zeigte mir, dass es fast neunzehn Uhr war. Frank müsste eigentlich längst zuhause sein. Vielleicht musste er mal wieder Überstunden machen. Als Polizist kam das häufig vor.

Als Frank eine Stunde später immer noch nicht da war, versuchte ich ihn auf dem Handy anzurufen. Es schaltete sich aber nur die Mailbox ein. Ich legte wieder auf. Im Flur fiel auf einmal mein Blick auf den Spiegel. Erst jetzt sah ich den Umschlag, der dort mit einem Klebestreifen befestigt war.

Ich nahm den Umschlag ab und öffnete ihn mit zitternden Fingern.

Ich zog einen handgeschriebenen Brief heraus.

Andrea, ich weiß es ist feige, aber ich kann Dir nicht in die Augen schauen bei dem, was ich Dir jetzt sagen muss. Ich will die Trennung. Ich habe eine andere Frau kennengelernt.

Wir Beiden haben uns doch schon lange auseinander gelebt. Ich habe einen Teil meiner persönlichen Sachen bereits mitgenommen. Den Rest hole ich in ein paar Tagen. Verzeih mir und lass mich gehen! Frank

Ich war wie vor den Kopf geschlagen. Hatte Frank mir doch noch vor zwei Tagen gesagt, dass er mich liebt und sich freut, wenn ich wieder Zuhause bin.

Jetzt hatte er meine Abwesenheit genutzt, um sich feige aus dem Staub zu machen. Ich ging ins Schlafzimmer und schaute in den Kleiderschrank. Hier hingen tatsächlich nur noch ein paar Wintersachen, die Frank zurück gelassen hatte. Ich musste mich auf das Bett setzen, weil mir schlecht wurde. Warum hatte ich nichts gemerkt? Wer war die andere Frau? Das konnte doch alles nicht wahr sein.

Nach einer Weile versuchte ich nochmal Frank auf dem Handy zu erreichen. Aber wie erwartet meldete er sich nicht. Ich schaute in den Spiegel im Flur. Ich sah müde aus. In meinen braunen Augen konnte ich meine Verzweiflung sehen. Wie soll es jetzt weitergehen?

Ich war, seit ich denken konnte, immer nur mit Frank zusammen.

Wir haben alles zusammen gemacht. Ich war nie auf den Gedanken gekommen, dass ihm bei mir etwas fehlen könnte. Er hatte ja auch nie etwas gesagt. Ich war wütend, dass er mir keine Chance gegeben hatte. Er war einfach gegangen und ließ mich mit dem Schmerz allein.

Ich ging in die Küche, füllte das Gemüse in eine Schüssel und warf die verkochten Nudeln in den Mülleimer. Ich konnte nichts essen. Stattdessen nahm ich mir ein Glas Wein und setzte mich wieder auf den Balkon. Ich brauchte frische Luft.

Ich hatte gerade einen Schluck Weißwein getrunken, als ich Renates Stimme hörte:

„Ist alles in Ordnung bei Dir Andrea? Du bist unheimlich blass!"

Ich schaute zu ihr hinüber. Im gleichen Moment fing ich an zu weinen. Die Tränen liefen mir über das Gesicht. Ich konnte mich gar nicht beruhigen.

„Um Gottes Willen. Was ist denn passiert Andrea?" fragte Renate entsetzt. „Soll ich zu Dir kommen?"

Ich nickte nur und stand auf, um ihr die Tür zu öffnen.

Renate kam in den Flur und nahm mich in den Arm. Ich weinte und ließ mich von ihr in das Wohnzimmer führen.

Renate ging in die Küche und holte mir ein Glas Wasser. So langsam konnte ich mich wieder beruhigen.

„Geht es wieder?" wollte Renate wissen.

„Frank hat mich verlassen!" konnte ich jetzt nur mit Mühe stottern.

Renate schaute ungläubig. Dann nahm sie mich wieder in den Arm.

„Ich habe mich schon gewundert. Er hat gestern das Haus mit einem großen Koffer verlassen", sagte Renate.

„Und er war nicht in der Lage mit mir zu sprechen. Ich habe einen Brief gefunden. Er hat ihn an den Spiegel geklebt! Er hat anscheinend eine andere Frau kennengelernt."

„Das ist so schäbig und feige nach all den Jahren, die ihr zusammen wart. Das hätte ich nicht von ihm gedacht!" Renate schüttelte immer wieder den Kopf.

„Ich kann ihn auch nicht telefonisch erreichen. Wahrscheinlich will er warten, bis ich mich wieder beruhigt habe." Mir kamen wieder die Tränen.

Renate stand jetzt auf und ging auf den Balkon. Sie holte mein Glas Wein und gab es mir.

„Kann ich auch einen Wein bekommen?" fragte sie.

„Natürlich. Ich hole Dir schnell ein Glas!" antwortete ich und holte den Wein aus dem Kühlschrank.

Wir saßen noch bis in die Nacht zusammen. Ich redete mir den Kummer von der Seele. Mittlerweile hatten wir schon die zweite Flasche geleert. Renate stand irgendwann leicht schwankend auf.

Sie drückte mich zum Abschied und sagte: „Ich muss jetzt ins Bett. Es ist schon spät. Aber wenn irgendetwas ist, dann klingele einfach bei mir. Ich bin für Dich da!"

Ich nickte und war froh, dass ich mich ihr anvertraut hatte. Sie war wie eine Mutter für mich.

Meine Eltern lebten nicht mehr. Mein Vater war schon sehr jung an einem Herzinfarkt gestorben. Meine Mutter ist ihm ein paar Jahre später gefolgt. Das war eine schlimme Zeit. Frank hatte mir damals immer beigestanden. Geschwister hatte ich leider keine.

Nach der Schule hatte ich eine kaufmännische Ausbildung gemacht und ein paar Jahre in einer Spedition gearbeitet. Als ich vor drei Jahren die Chance bekam, die Boutique zu übernehmen, nahm ich die Gelegenheit wahr. Mit viel Ausdauer, Überstunden und ein paar finanziellen Rückschlägen, war ich jetzt endlich eine erfolgreiche Geschäftsfrau.

Ich schloss die Tür hinter Renate und war wieder allein. Ich wollte nicht im Schlafzimmer schlafen.

Vielleicht hatte Frank die Andere dort geliebt, wenn ich nicht da war. Mir gingen so viele Gedanken durch den Kopf, dass ich nicht zur Ruhe kam.

Ich nahm mir eine Wolldecke und legte mich auf die Couch. Um mich abzulenken, schaltete ich den Fernseher an. Als ich endlich einschlief, war es fast schon wieder hell.

Am nächsten Morgen war ich wie gerädert. Ich rief im Geschäft an und informierte Simone, meine Angestellte, dass ich an diesem Tag nicht in den Laden kommen würde. Ich war nicht in der Lage aus dem Haus zu gehen. Ich hatte dunkle Ränder unter den Augen und war vollkommen durcheinander. So wollte ich nicht ins Auto steigen.

Ich konnte irgendwie keinen klaren Gedanken fassen. Dass ich Frank nicht erreichen konnte, machte mich wahnsinnig. Ich wollte von ihm wissen, warum er diesen Schritt gemacht hatte und ob es nicht doch noch eine Chance für uns gab. Wieder versuchte ich ihn zu erreichen. Als er nicht an sein Handy ging, rief ich in seiner Dienststelle an.

Leo, sein Kollege sagte nur, dass Frank sich Urlaub genommen hätte. Er war sehr erstaunt, dass ich es nicht wusste.

Hier kam ich also auch nicht weiter. Abwarten zu müssen, bis Frank sich bei mir meldete, war unerträglich für mich.

Am Nachmittag klingelte es an der Tür. Es war Renate mit einem Kuchenpaket.

„Schokoladenkuchen ist gut gegen Traurigkeit!" sagte sie und ging in meine Küche. Sie kochte uns einen Kaffee und verteilte den Kuchen auf zwei Teller.

Ich ließ sie einfach machen und genoss es, dass sie mich so bemutterte.

„Warst Du heute nicht im Geschäft?" fragte sie mich.

Ich schüttelte den Kopf. „Ich konnte nicht. Ich habe die ganze Nacht wach gelegen und war nicht in der Lage." Ich schniefte und setzte mich zu ihr an den Tisch.

„Du solltest Dich aber hier nicht vergraben. Lenk Dich ab. Das gelingt Dir am besten im Laden", sagte Renate energisch.

Ich trank einen Schluck Kaffee und musste mir eingestehen, dass Sie Recht hatte. Es konnte noch lange dauern, bis Frank endlich den Mut aufbrachte sich zu melden.

„Ich gehe morgen wieder arbeiten", antwortete ich.

Renate grinste und sagte: „Braves Mädchen!"

Wir aßen unseren Kuchen und ich wurde langsam ruhiger.

„Willst Du Frank denn zurück haben?" fragte Renate mich plötzlich.

In diesem Moment merkte ich, dass ich das nicht in Frage gestellt hatte. Ich wollte, dass er zu mir zurückkommt. Aber was dann? Er hatte mich betrogen und war einfach heimlich zu einer anderen Frau gezogen. Er hatte mich tief verletzt.

Ich wollte auf jeden Fall eine Antwort auf meine Fragen. Aber Renate hatte auch eine wichtige Frage gestellt. War Frank es wert, um ihn zu kämpfen?

Renate tätschelte meine Hand und lächelte.

„Du solltest darüber nachdenken, dann fällt Dir die Entscheidung leichter. Ich hatte als junge Frau auch einen Freund, der mich betrogen hat. Ich habe ihn rausgeworfen. Das Vertrauen war weg und ich hätte immer wieder Angst gehabt, dass sich das wiederholt. Aber man kann nicht alles verallgemeinern. Du wirst schon das Richtige tun!"

Nachdem wir uns verabschiedet hatten, ging ich hinunter zum Auto. Hier lagen immer noch die Kartons, mit der Ware von der Messe, im Kofferraum. Ich fuhr zum Geschäft und brachte die Sachen ins Lager. Simone Becker war schon gegangen. Ich ordnete noch ein paar Unterlagen und heftete angefallene Rechnungen ab. Morgen wollte ich das abarbeiten, was liegen geblieben war, während ich auf der Messe war.

Ich wollte noch nicht wieder nach Hause. Ich rief vom Geschäft aus meine beste Freundin Heike an. Ich musste mit Jemanden reden. Ich wollte Renate nicht überfordern.

Heike und ich hatten einige Jahre in einer Spedition zusammen gearbeitet. Wir hatten uns schnell angefreundet. Sie ist ein aufrichtiger und zuverlässiger Mensch. Leider hatte sie kein Glück in ihren Beziehungen. Irgendwie erwischte sie immer verheiratete Männer. Ich musste Sie ganz oft trösten, wenn sie wieder einmal verlassen wurde, weil die Ehefrauen hinter die Affären gekommen waren.

Heike war nicht zu erreichen. Ich entschloss mich bei ihr vorbei zu fahren. Vielleicht war sie doch zuhause.

Heike wohnte nur ein paar Straßen von meinem Geschäft entfernt. Ich fand einen Parkplatz in einer Nebenstraße. Als ich um die Ecke bog, konnte ich meinen Augen kaum glauben. Da stand Franks BMW direkt vor dem Eingang des Hauses, in dem Heike wohnte.

Mein Herz klopfte bis zum Hals, als ich klingelte. Niemand öffnete. Nach einer Weile kam ein Mann aus dem Haus und ließ mich hinein. Ich ging in den zweiten Stock und klingelte erneut an der Wohnungstür. Ich hörte durch die Tür leise Stimmen. Also war doch jemand zuhause. Ich klingelte nochmal, diesmal energischer.

Ich klopfte auch an die Tür und rief Heikes Namen. Erst jetzt hörte ich Schritte und dann öffnete mir Heike die Tür. Sie schaute auf den Boden und sagte:

„Mach nicht so einen Lärm im Treppenhaus. Komm rein Andrea."

Sie ging zur Seite und ließ mich in die Wohnung. Im Wohnzimmer saß Frank auf der Couch und versuchte nervös den letzten Knopf seines Hemdes zu schließen.

Ich schaute von Frank zu Heike und konnte nur stottern: „Wer von Euch erklärt mir jetzt das hier?"

Heike stellte sich zwischen mich und Frank und antwortete kleinlaut: „Es tut mir wahnsinnig leid Andrea. Es ist einfach so passiert. Erst war es nur Sex, aber dann haben wir uns verliebt!"

„Wie lange geht das denn schon zwischen Euch Beiden?" fragte ich entsetzt.

Jetzt sagte Frank, der mittlerweile aufgestanden war: „Seit fast einem Jahr. Ich hatte keinen Mut es Dir zu sagen. Aber jetzt bin ich froh, dass Du es endlich weißt!"

Ich war wie vor den Kopf geschlagen. Ich schwankte zwischen dem Gedanken Beide zu schlagen oder aus der Wohnung zu fliehen.

Ich entschied mich für die zweite Variante und drehte mich auf dem Absatz um. Ich knallte die Tür hinter mir zu.

Ich war so enttäuscht. Meine beste Freundin und mein Freund hatten mich schon seit Monaten hintergangen. Jetzt hatte ich sie Beide gleichzeitig verloren. Ich lief die Treppen hinunter und konnte die Tränen nicht zurück halten. Wie dumm und ahnungslos ich gewesen war. Ich ging zum Auto zurück und brauchte erst einmal ein paar Minuten um mich zu beruhigen.

So etwas las man sonst immer nur in irgendwelchen Romanen. Jetzt war es mir selbst passiert. Ich war maßlos enttäuscht, dass weder Frank noch Heike so ehrlich waren und es mir gesagt hatten.

Nach einer ganzen Weile war ich endlich wieder in der Lage nach Hause zu fahren.

In der Wohnung angekommen, machte ich mir einen Tee und setzte mich ins Wohnzimmer. Ich konnte mich aber nicht beruhigen. Die Enttäuschung und die Wut waren zu groß.

Nach ein paar Minuten ging ich ins Schlafzimmer und holte Franks Kleidung aus dem Schrank. Seine anderen persönlichen Dinge schmiss ich auf das Bett. Aus dem Keller holte ich einen Umzugskarton und warf alles wahllos hinein. Ich wollte nichts mehr von Frank in meiner Wohnung haben.

Als ich nichts mehr fand, was mich an ihn erinnern konnte, rief ich ihn auf dem Handy an. Ich wollte ihm auf den Anrufbeantworter sprechen und war erstaunt, dass er selber dran ging.

„Im Treppenhaus stehen Deine restlichen Klamotten. Wenn Du sie morgen nicht abholst, wandern sie in den Müll!" sagte ich. „Ich will Dich und Heike nie wiedersehen und mit Euch kein weiteres Wort mehr reden!"

Danach legte ich schnell auf. Ich fühlte mich etwas besser. Kurze Zeit später rief ich einen Schlüsselnotdienst an und ließ noch in der Nacht das Schloss auswechseln. Dem jungen Mann, der nach Mitternacht kam, erzählte ich, dass ich einen Schlüssel verloren hatte und jetzt befürchtete, dass Jemand bei mir einbrechen könnte.

Ihm war es egal, es gab ein gutes Trinkgeld. Er grinste, als er sich nach einer Stunde verabschiedete. Er drückte mir die neuen Schlüssel in die Hand und zwinkerte mir zu.

Ich atmete auf. Jetzt konnte Frank nicht mehr in die Wohnung. Der Gedanke, dass ich ihn noch einmal sehen würde, war mir unerträglich. Es war vorbei.

Am nächsten Abend, nachdem ich aus dem Geschäft wieder in der Wohnung angekommen war, war der Umzugskarton weg. Frank hatte seine Sachen abgeholt.

Ich klingelte bei Renate. Als sie öffnete, drückte ich ihr einen meiner neuen Wohnungsschlüssel in die Hand. Wir hatten Beide einen Schlüssel von der Anderen. Immer wenn einer von uns in Urlaub war, gossen wir die Blumen und kümmerten uns um die Post.

Renate sah mich erstaunt an.

„Ich habe ein neues Türschloss. Den alten Schlüssel kannst Du wegwerfen!" sagte ich.

„Ich verstehe!" antwortete sie und zog mich in ihre Wohnung.

„Du willst Frank aussperren, stimmt's?" sagte sie.

Ich nickte und lehnte mich an ihre Schulter. Mir kamen die Tränen. Ich erzählte ihr unter Schluchzen, was ich in der letzten Nacht erfahren hatte.

„Oh nein. Das ist ja wirklich ein starkes Stück. Wie feige und hinterhältig von den Beiden!" sagte Renate und streichelte mir über den Rücken.

„Setz Dich mal auf die Couch." Sie ging an den Wohnzimmerschrank und holte aus einer kleinen Bar eine Flasche Eierlikör.

Ich musste lächeln. Eierlikör hatte ich seit Ewigkeiten nicht mehr getrunken. Aber meine Oma liebte ihn auch und hatte immer einen Vorrat im Haus.

Renate goss uns ein Gläschen ein und prostete mir zu: „Auf einen neuen Lebensabschnitt. Du bist so jung und hübsch. Frank hat Dich gar nicht verdient! Prost!"

Ich trank einen Schluck.

„Es tut aber so weh!" antwortete ich. Ich war ja seit dem ich ein Teenager war, immer nur mit Frank zusammen. Ich hatte Angst davor, jetzt allein zu sein.

„Ich weiß, wie Du Dich jetzt fühlst. Es ist schlimm, so betrogen worden zu werden. Aber sieh es doch als Chance. Du wirst nicht lange allein sein. Da bin ich sicher!" sagte Renate und lächelte.

Wenn ich da auch so sicher gewesen wäre. Ich hatte das Gefühl in einen Strudel geraten zu sein, der mich immer tiefer zog. Aber Renates Worte trösteten mich etwas.

Das änderte sich aber, als ich abends wieder allein in der Wohnung saß. Ich schwankte zwischen dem Wunsch, dass Frank zu mir zurück kommt und dem Gefühl ihn für seinen Betrug bestrafen zu wollen.

Ich kam einfach nicht zur Ruhe.

Als das Telefon klingelte, hatte ich dann doch die Hoffnung, dass es Frank sein würde. Leider war es nur eine gute Kundin, die wissen wollte, wann Kleidung einer bestimmten Kollektion im Geschäft eintreffen würde.

Ich schlief schlecht und war am nächsten Tag schlecht gelaunt. Trotzdem fuhr ich in den Laden, erledigte die Buchhaltung und wechselte mich mit Simone beim Verkauf ab. Ich war froh, eine so gute und freundliche Verkäuferin gefunden zu haben. Simone war zuverlässig und ging sehr liebevoll mit den Eltern und Kindern um.

In der Mittagspause gingen wir gemeinsam in ein kleines Restaurant.

Ich hatte mich mit Simone angefreundet. Sie war Mitte zwanzig und hatte erst Anfang des Jahres geheiratet. Ihr Mann war Pilot und sehr oft unterwegs. Simone litt sehr darunter. Als unsere Speisen gebracht wurden, fragte sie mich:

„Andrea, ist alles in Ordnung bei Dir? Du machst so einen niedergeschlagenen Eindruck."

Ich schluckte und nippte erst einmal an meinem Mineralwasser.

„Ich habe mich von meinem Freund getrennt. Es ist erst ein paar Tage her. Deshalb bin ich im Moment etwas durch den Wind!" antwortete ich.

Simone nickte und sagte dann: „Ich habe mir schon so etwas gedacht. Ich habe Deinen Freund letzte Woche Hand in Hand mit einer anderen Frau gesehen. Ich wollte Dich schon darauf ansprechen. Ich wusste aber nicht, wie ich es Dir sagen soll."

Sie schaute mich zerknirscht an.

Simone kannte Frank, weil er mich öfter abgeholt hatte. Sie war in einer Zwickmühle. Ich war ihre Chefin und sie wollte sich nicht in mein Privatleben einmischen. Ich rechnete ihr das hoch an.

Wir aßen schweigend. Nach einer Weile sagte sie: „Ich habe auch manchmal Angst, dass Micha mich betrügen könnte. Er hat so viele hübsche Frauen um sich herum und ist so oft weit weg!"

„Man kann nie wissen was einmal passiert. Ich glaube aber nicht an das Klischee, das Piloten überall Freundinnen haben. Es kommt auf jeden einzelnen Mann an. Ich glaube Dein Michael liebt Dich viel zu sehr um Eure Liebe aufs Spiel zu setzen", sagte ich. Aber in meinem Hinterkopf sagte eine böse Stimme: „Das hast Du von Frank auch gedacht!"

Simone jedenfalls lächelte jetzt und schien beruhigt zu sein.

Die nächsten Wochen vergingen, ohne dass ich etwas von Frank hörte. Er war sang- und klanglos verschwunden. Ich ging arbeiten, traf mich ab und zu mit Freundinnen und versuchte, mich so oft es ging abzulenken. Aber in den Nächten, wo ich allein im Bett lag, überkamen mich Trauer und Ängste.

Ich hatte keinen Hunger und nahm stark ab. Meine dunklen langen Haare umrahmten mein blasses Gesicht und meine braunen Augen blickten mir traurig aus dem Spiegel entgegen.

Als ich ein paar Tage später Renate im Treppenhaus traf, schaute sie mich erschrocken an.

„Mädchen Du wirst ja immer dünner!" sagte sie. „Ich mache mir große Sorgen. Komm doch heute Abend zu mir zum Essen. Ich würde mich sehr freuen."

Eigentlich hatte ich keine Lust, aber Renate duldete keine Wiederrede. Wir verabredeten uns für zwanzig Uhr.

Ich holte eine Flasche Wein aus dem Keller und klingelte pünktlich an Renates Tür.

Als sie die Tür öffnete, duftete es schon herrlich nach den Speisen, die Renate zubereitet hatte. Es gab einen Rinderbraten mit selbstgemachten Klößen und Rotkohl.

Renate häufte mir eine große Portion auf den Teller und goss uns ein Glas von dem Rotwein ein, den ich mitgebracht hatte.

Ich aß mit großem Appetit. Renate hatte Recht. Allein zu kochen und zu essen machte wirklich keinen Spaß. Ich hatte mir in den letzten Wochen nur sporadisch etwas gegessen.

Später, als Renate schon den Tisch abgeräumt hatte, saßen wir noch eine Weile im Wohnzimmer zusammen.

Renate zeigte mir Fotos von Juan, ihrem verstorbenen Mann, den ich leider nicht mehr kennengelernt hatte.

Die Fotos zeigten einen sympathischen Mann mit vielen Lachfalten. Renate und er waren viele Jahre sehr glücklich miteinander gewesen. Das zeigten die Fotos ganz deutlich.

Jetzt holte Renate ein großes Foto aus einem Umschlag. Er lag lose mitten in einem Album.

„Das ist unser Haus in Spanien. Es liegt an der Costa del Azahar. Das heißt „Küste der Orangenblüte", sagte Renate und strahlte.

Man sah ein wunderschönes Haus mit einer großen Terrasse, inmitten von Orangen-und Olivenbäumen. Es gab sogar einen kleinen Pool, der versteckt hinter dem Haus zu erkennen war.

„Das ist ja wunderschön! Ein Traum!" antwortete ich und schaute mir das Foto noch einmal genau an.

„Ich kann mich auch nicht davon trennen, auch wenn ich nicht mehr so oft hinfahren kann. Ich vermiete die beiden Wohnungen gelegentlich an Freunde und Bekannte. Zurzeit wohnt dort ein junger Mann. Er ist Schriftsteller. Er kann dort am besten in der Abgeschiedenheit schreiben."

„Du vermietest?" fragte ich. Mir kam in diesem Moment ein Gedanke in den Kopf, der mich nicht mehr los ließ.

„Ja, es gibt dort zwei abgeschlossene Wohnungen.

Manchmal wohnen dort auch in den Sommermonaten spanische Freunde. Das Haus liegt nicht weit vom Strand entfernt."

„Renate, würdest Du mir die andere Wohnung für eine Weile vermieten? Ich muss mal raus hier. Ich komme sonst nicht zur Ruhe. Ich kann Frank hier nicht vergessen!" sagte ich und schaute sie hoffnungsvoll an.

„Liebend gerne!" sagte Renate. „Das ist eine gute Idee. Du wirst Dich dort wohlfühlen und mit dem Abstand besser mit der Situation umgehen können!"

„Ich habe nur eine Sorge. Meiner Verkäuferin Simone kann ich die Buchhaltung nicht zumuten. Sie hat mit dem Verkauf schon genug zu tun." Ich seufzte.

„Darf ich Dir helfen?" fragte Renate. „Ich war doch früher in der Bilanzbuchhaltung tätig. Ich kenne mich aus!" Sie lachte und zwinkerte mir zu.

„Würdest Du das machen? Ich vertraue Dir voll und ganz und habe keine Geheimnisse vor Dir! Du müsstest vielleicht zweimal pro Woche ins Geschäft!" sagte ich.

„Kein Problem, endlich hätte ich mal wieder etwas zu tun! Ich mache das sehr gerne für Dich!"

Ich stand auf und nahm sie in den Arm.

„Wenn ich Dich nicht hätte. Du bist die beste Nachbarin, die man sich wünschen kann!" sagte ich und küsste sie auf die Wange.

Renate wurde ganz rot und tätschelte meine Hand.

„Ich frage morgen Simone, meine Mitarbeiterin, ob sie ein paar Tage ohne mich auskommt. Ich sage Dir dann Bescheid. Außerdem muss ich ja noch einen Flug buchen."

Die Aussicht, in Renates wunderschönen Haus ein paar Tage Urlaub zu machen, war wunderbar. Ich war ganz euphorisch und vergaß einen Moment tatsächlich meinen Kummer.

Ich half Renate noch beim Abwasch und ging später zurück in meine Wohnung. Ich wollte im Internet nach Flügen schauen und mich um einen Mietwagen kümmern.

Renate hatte mir gesagt, dass das Haus etwas entfernt von der nächsten Ortschaft lag. Man brauchte ein Auto, um in die Stadt und zum Strand zu kommen.

Am nächsten Tag informierte ich Simone von meinem Vorhaben. Sie war sofort einverstanden. Dass Renate sie mit der Buchführung unterstützte, beruhigte sie sehr.

Im Laden war sehr viel zu tun, so dass ich erst spät am Abend nach Hause kam.

Ich setzte mich sofort an den Computer und buchte einen Flug nach Valencia. Den Mietwagen konnte ich direkt dort abholen. Mit der Buchung ging ich zu Renate.

„Ich freue mich so für Dich. In der Wohnung ist alles was Du brauchst. Im Keller gibt es auch eine Waschmaschine. Du müsstest Dich dort nur mit Ben Förster absprechen. Das ist der Schriftsteller, der die andere Wohnung gemietet hat."

„Das ist ja kein Problem. Wir werden uns schon vertragen!" sagte ich.

In den nächsten Tagen war ich damit beschäftigt, alles für den Urlaub vorzubereiten. Da ich so viel abgenommen hatte, musste ich mir noch ein paar Sommersachen und einen neuen Bikini kaufen.

Am Tag vor der Abreise war ich sehr nervös. Ich kontrollierte alles mehrfach und schaute immer wieder nach, ob ich alle Unterlagen eingesteckt hatte.

Renate hatte mir versprochen mich zum Kölner Flughafen zu bringen. Sie gab mir noch ein paar Tipps für Unternehmungen rund um La Font. So hieß der nächste Ort, unweit von Renates Haus.

Wir tranken noch gemeinsam einen Kaffee, dann gab Renate mir feierlich die Schlüssel zu ihrem Haus. Sie lächelte und sagte: „Gute Reise Andrea. Genieß die Zeit und denke einfach nur mal an Dich. Wenn Du Fragen hast, dann ruf einfach an!"

Ich nahm sie in den Arm und drückte sie fest.

„Vielen Dank für Alles. Ich melde mich, wenn ich angekommen bin!" antwortete ich. Dann musste ich auch schon zu meinem Gate.

Im Flugzeug saß ich am Fenster. Ich bestellte mir bei der Stewardess ein Glas Sekt. Ich hatte mir fest vorgenommen, mich selbst zu verwöhnen. Ich fand, ich hatte es verdient.

Der ältere Herr, der neben mir saß, hatte sich ein Bier bestellt. Wir prosteten uns auf einen schönen Urlaub zu. Ich genoss den Flug und war fast schon traurig, als der Flieger etwa zwei Stunden später in Valencia landete.

Als ich mein Gepäck geholte hatte, suchte ich nach dem Schalter der Autovermietung. Dort standen bereits einige Reisende. Ich musste fast eine Stunde warten, bis ich endlich den Schlüssel für einen Kleinwagen in der Hand hatte.

Renate hatte mir die genauen Daten und Adresse ihres Hauses aufgeschrieben. Ich gab alles in das Navigationssystem ein. Nun konnte der Urlaub beginnen. Ich war nervös und gleichzeitig glücklich, dass es endlich losging.

Nach einer Weile hatte ich Valencia hinter mir gelassen und fuhr auf der Autobahn durch eine wunderschöne Landschaft. Ich hatte gar nicht gewusst, dass die Berge hier fast bis zum Meer reichten. Es duftete herrlich nach Orangenblüten und nach Meer. Ich merkte, wie der Stress der letzten Wochen mit jedem Kilometer von mir abfiel. Es war herrlich. Die Sonne strahlte von einem blauen, wolkenlosen Himmel. Nach ungefähr einer Stunde konnte ich auf dem Straßenschild lesen, dass ich die nächste Abfahrt nehmen musste.

Jetzt fuhr ich durch endlose Felder mit Orangenbäumen. Der Duft war unbeschreiblich. Ich hielt an einer geeigneten Stelle an und stieg aus. Unter den Bäumen lagen einige Orangen, die überreif abgefallen waren. Ich stibitzte mir ein paar und legte sie auf den Beifahrersitz. Eine schälte ich mir gleich. Sie war zuckersüß.

„Plötzlich klopfte Jemand an meine Autoscheibe. Ich schrak zusammen. Ein junger Mann lächelte mich an und deutete an, dass ich das Fenster hinunterkurbeln solle.

„Hola Seniora, como esta?" fragte er.

Ich sprach leider kein spanisch, aber diesen Satz kannte ich. Er hatte gefragt wie es mir geht.

Ich antwortete auf Englisch, das es mir gut geht. Er verstand und reichte mir eine große Tüte Orangen ins Auto.

„That is a present for you!" sagte er. Er winkte mir zu und ging weiter Richtung eines Hauses, dass ich in der Ferne erkennen konnte.

Jetzt hatte ich genug Orangen bis zum Urlaubsende. Ich lächelte und fuhr weiter bis zur nächsten Ortschaft. Hier musste ich in Richtung Meer abbiegen. Nach einer Weile wurde aus der geteerten Straße eine Schotterpiste. Ich dachte schon, dass ich mich verfahren hatte, als ich in der Ferne Renates Haus erkennen konnte. In unmittelbarer Nähe waren nur noch zwei andere Häuser zu sehen. Ansonsten lag es idyllisch auf einer Anhöhe mit Blick auf das Meer.

Ich parkte das Auto neben einem anderen Mietwagen. Ich konnte es an einem Aufkleber erkennen. Ich hatte dort auch mein Auto gemietet. Der Wagen gehörte bestimmt diesem Schriftsteller.

Ich ging um das Haus herum. Der Eingang zu meiner Wohnung war auf der Rückseite des Hauses. Von hier aus hatte man einen herrlichen Blick auf das Meer und die Orangenfelder.

Nachdem ich mich in der Wohnung umgeschaut hatte, holte ich meine Koffer aus dem Auto.

Ich verstaute meine Kleidung im Schrank und zog meinen neuen Bikini an. Es war heiß und ich wollte mich im Pool abkühlen. Ich nahm mir ein großes Handtuch aus dem Badezimmer und ging durch den Garten in Richtung Pool.

Ich erschrak furchtbar, als eine männliche Stimme plötzlich rief: „Was machen Sie den hier. Das ist ein Privatgrundstück!"

Jetzt sah ich den Mann, der nackt im Pool schwamm.

Ich schaute mit rotem Kopf diskret zur Seite und sagte: „Ich bin Andrea Steiner. Ich habe die Wohnung von Renate Gonzales gemietet. Hat sie Sie nicht informiert?"

„Nein hat sie nicht. Das passt mir auch gar nicht, dass hier noch Jemand wohnt. Ich will meine Ruhe haben!" sagte der Mann unfreundlich.

Ich hörte, wie er aus dem Pool kletterte und dann sagte: „Sie können sich jetzt umdrehen!"

Ich drehte mich langsam in seine Richtung. Er hatte sich ein Handtuch umgebunden und kam jetzt auf mich zu.

Er war einen Kopf größer als ich. Seine nassen dunklen Haare hingen ihm vor den wunderschönen grünen Augen. Er war braun gebrannt und sah unheimlich sexy aus.

„Ben Förster", stellte er sich vor und reichte mir die Hand.

Ich gab ihm die Hand und antwortete: „Ich bin Andrea, wir können uns gern duzen."

In diesem Moment rutschte sein Handtuch und er versuchte es schnell aufzufangen. Was ich sah verpasste mir erneut einen roten Kopf. Er war gut gebaut. Ich schätzte ihn auf Anfang vierzig.

„Ich wundere mich, dass Renate Dir nicht gesagt hat, dass ich komme!"

„Vielleicht hat sie mir auf den Anrufbeantworter gesprochen. Ich habe dort einige Nachrichten. Ich höre sie selten ab. Ich will meine Ruhe. Sonst hätte ich auch in Deutschland bleiben können. Und Du kannst Ben zu mir sagen!" Er grinste, als er das Handtuch erneut um seine Hüfte wickelte.

„Jetzt wo ich fast alles von Dir gesehen habe, wäre es auch blöd, sich zu siezen!" sagte ich und lachte.

„Aber das eins klar ist. Ich mache hier keinen Urlaub. Ich will arbeiten und brauche meine Ruhe." Er war wieder in seinen unfreundlichen und distanzierten Tonfall übergegangen.

„Ich habe nicht vor, hier jeden Tag eine Party zu feiern", antwortete ich und ärgerte mich über ihn.

Er zuckte die Schultern und ging ohne ein weiteres Wort in Richtung Haus.

„Arroganter Blödmann!" sagte ich zu mir selbst und kletterte in den Pool. Das Wasser war angenehm warm, aber trotzdem erfrischend. Ich schwamm eine Weile meine Runden und fühlte mich entspannt wie lange nicht mehr.

Als ich mich auf eine Liege in die Sonne legte, sah ich, wie sich in der oberen Wohnung die Gardine bewegte. Ben Förster beobachtete mich.

Ich cremte mich ein und genoss die Sonne, die jetzt schon nicht mehr so heiß war.

Etwa eine Stunde später ging ich zurück ins Haus. Ich rief Renate an und sagte ihr, dass ich gut angekommen war. Ich berichtete ihr, dass Ben Förster nichts von meiner Ankunft wusste. Es war so, wie er vermutet hatte. Renate hatte ihn nicht erreicht und ihm auf die Mailbox gesprochen.

Ich ging unter die Dusche und zog mir eine Shorts und ein Shirt an. Ich musste noch einmal zurück in den nächsten Ort, um einzukaufen. Sonst hatte ich nichts zum Frühstück am nächsten Morgen.

Ich nahm einen Korb mit, der in der Wohnung stand und fuhr nach La Font. Dort gab es einen kleinen Supermarkt und ein paar Restaurants. Es gab hier kaum Touristen. Dazu lag es zu weit vom Meer entfernt.

Ich kaufte Brot, spanischen Käse, Schinken und ein paar andere Leckereien ein. Außerdem nahm ich mir noch eine Flasche Wein mit. Ich wollte mich später, mit einem Glas Rotwein, noch einmal auf die Terrasse setzen.

Als ich wieder am Haus ankam, war das andere Auto nicht mehr da. Also war Ben unterwegs.

Ich bereitete mir ein kleines Abendessen zu und nahm mir ein Glas Wein mit nach draußen.

Die Aussicht faszinierte mich aufs Neue. Diese Ruhe und der Blick auf das Meer waren unbeschreiblich schön. Ich überlegte, wie lange ich wohl mit dem Auto bis zum Strand brauchen würde. Gleich am nächsten Tag wollte ich hinfahren.

Ich setzte mich in einen bequemen Gartenstuhl und trank meinen Wein. Zwischendurch aß ich die Tapas, die ich mir zubereitet hatte. Ich wurde müde, denn der Tag war anstrengend und aufregend gewesen. Ich schlief irgendwann auf der Terrasse ein.

Ich wurde dadurch wach, dass meine Nase juckte. Ich rieb sie mir und öffnete die Augen. Da stand Ben über mich gebeugt und grinste.

„Ich dachte, ich wecke Dich mal lieber, bevor Dich die Moskitos auffressen. In der Dämmerung sind die besonders aktiv!"

Ich merkte, dass ich bereits zwei Mückenstiche an den Beinen hatte.

„Danke, ich muss morgen wohl in eine Apotheke. Ich habe vergessen mir etwas gegen Mückenstiche mitzunehmen", antwortete ich und kratzte an meinem Bein.

„Buenas Noches!" sagte Ben und war schon wieder um die Ecke verschwunden.

Ich nahm meinen Teller und das Glas mit in die Wohnung und ging ins Schlafzimmer. Ich musste noch mein Bett beziehen. Die Wäsche lag sauber zusammengefaltet im Schrank. Renate hatte mir erzählt, dass eine spanische Nachbarin das Haus für sie putzte und sich um die Wäsche kümmerte.

Ich ging noch einmal unter die Dusche und legte mich dann ins Bett. Durch einen Spalt im Vorhang konnte ich in den Sternenhimmel blicken. Kurz darauf war ich fest eingeschlafen.

Als ich am nächsten Morgen erwachte, schien die Sonne schon vom Himmel. Ich hatte lange geschlafen und fühlte mich fit und voller Tatendrang. Nach einem kleinen Frühstück packte ich meine Sachen in eine Badetasche.

Ich nahm noch eine Flasche Wasser und zwei von den Orangen mit, die ich geschenkt bekommen hatte.

Als ich zum Auto ging, sah ich Ben auf seinem Balkon sitzen. Er schaute nicht von seinem Laptop hoch, dass auf dem Tisch vor ihm stand. Als ich ihn begrüßte, brummte er nur etwas Unverständliches.

Gute Laune sah anders aus. Ich stieg in den Mietwagen und fuhr nach La Font und dann in Richtung Meer. Ich brauchte knapp eine halbe Stunde bis ich dort ankam. Der Strand war fast menschenleer. Nur ein paar Jogger waren dort. Ich nahm meine Tasche vom Beifahrersitz und schlenderte hinunter ans Meer.

Eine warme Brise und der Geruch vom Salzwasser umfingen mich. Ich ging ein paar Meter am Wasser entlang und suchte mir dann einen schönen Platz zwischen den Dünen. Hier breitete ich mein Handtuch aus und cremte mich erst einmal gut ein.

Trotz meiner dunklen Haare und Augen war ich eher blass. Frank nannte mich immer sein *Schneewittchen*. Bei dem Gedanken an ihn bekam ich einen Kloß im Hals. Ich wollte ihn doch vergessen. Aber das ging nicht so schnell, wie ich gehofft hatte. Ich vermisste ihn, gerade jetzt. Hier hätte es ihm auch gefallen.

Ich seufzte und legte mich auf den Bauch. Ich hatte mir in Deutschland am Flughafen einen Roman gekauft, den ich hier im Urlaub lesen wollte. Den nahm ich jetzt aus der Tasche.

„Der Abschied von Marie" hieß das Buch. Der autobiografische Roman handelte von einem Mann, dessen junge Frau an Krebs erkrankt war. Der Klappentext hatte mich angesprochen. Es war sehr einfühlsam geschrieben. Den Autor kannte ich nicht.

Schon nach ein paar Seiten nahm mich der Roman gefangen. Ich konnte nicht aufhören zu lesen. Nach einer Weile musste ich mich aber umdrehen. Mein Rücken brannte bereits.

Ich entschloss mich, mir ein Tuch umzuhängen und etwas am Strand entlang zu laufen. Ich sammelte unterwegs ein paar Muscheln.

Als ich mich bückte, um eine weitere aufzuheben, merkte ich einen Schatten neben mir. Ich kam wieder hoch und sah in die Augen eines Mannes, der mir bekannt vorkam. Er grinste und sagte auf Englisch:

„Heute habe ich leider keine Orangen für Sie!"

Jetzt erkannte ich ihn. Es war der junge Mann aus dem Orangenhain.

Hallo! Was für ein Zufall!" antwortete ich auf Deutsch.

„Ich bin Alejandro!" sagte er ebenfalls auf Deutsch.

Ich schaute ihn erstaunt an und sagte: „Ich bin Andrea. Du sprichst deutsch?"

„Meine Mutter ist Deutsche!" Er hob jetzt auch eine Muschel auf und gab sie mir. „Für Dich, statt Orangen!" Er lachte.

Wir gingen eine Weile gemeinsam am Strand entlang. Alejandro erzählte mir, dass die Orangenplantagen, wo ich ihn getroffen hatte, seiner Familie gehörten. Er selbst studierte in Deutschland Jura. Er war jeden Sommer hier.

„Ich habe noch zwei Brüder. Die kümmern sich zusammen mit meiner Mutter um die Felder und die Vermarktung. Mein Vater ist letztes Jahr gestorben."

„Das tut mir leid", antwortete ich.

Er nickte und schaute mir in die Augen. Ich wurde nervös.

„Schön, dass wir uns hier wiedergetroffen haben. Wo wohnst Du hier in Spanien?"

„Ich habe die Wohnung einer Freundin in der Nähe von La Font gemietet", sagte ich.

„Können wir uns noch einmal verabreden? Ich würde Dir gern meine Heimat zeigen!" Alejandro nahm meine Hand.

Ich entzog sie ihm schnell wieder. Alejandro war vielleicht Mitte zwanzig. Also deutlich jünger als ich. Ich hatte außerdem keine Lust auf eine Urlaubsaffäre. Ich war ja noch nicht einmal über Frank hinweg.

Alejandro grinste und strich sich eine seiner dunklen Locken aus den Augen.

„Denkst Du an den Altersunterschied?" fragte er.

„Ich denke vor allem daran, dass ich keinen Flirt für einen Sommer möchte! Ich bin nur ein paar Tage hier. Außerdem bist Du wirklich jünger als ich!" antwortete ich.

„Ich sehe keinen Unterschied. Du siehst jung und sexy aus!" antwortete Alejandro und lächelte mich an. Seine dunklen Augen glitzerten in der Sonne.

Ich drehte mich um und ging langsam am Wasser zurück zu meinem Handtuch.

Ich spürte, dass Alejandro mir folgte. Ich sah seinen Schatten neben mir näher kommen.

Als wir an meinem Handtuch angekommen waren sagte er: „Ich würde Dir wirklich gern diese Region hier zeigen. Die Gegend hat nicht nur Strand und Meer zu bieten. Hab keine Angst. Ich habe verstanden, dass ich nicht Dein Typ bin!"

Er seufzte theatralisch.

Jetzt musste ich lachen. „Das habe ich nicht gesagt! Ich habe mich erst vor kurzem von meinem Freund getrennt. Ich bin hier, um abzuschalten und nicht, um mich in eine Affäre zu stürzen!"

„Das soll aber helfen!" Alejandro zwinkerte mir zu und sagte dann: „Ich verstehe Dich. Dann sehe in mir nur einen kostenlosen Reiseführer, der auch noch verdammt attraktiv ist!"

„Du bist unmöglich!" antwortete ich. Aber er hatte mich eigentlich schon überzeugt.

Seiner entwaffnenden Art konnte man sich kaum entziehen.

„Einverstanden! Ich gebe Dir meine Mobilnummer und dann ruf mich an, wenn Du Zeit hast."

Ich kramte aus meiner Badetasche mein Notizbuch und einen Stift und schrieb ihm die Nummer auf.

Bevor er danach greifen konnte sagte ich noch: „Ich hoffe ich bereue es nicht!"

Alejandro schnappte den Zettel und nahm mich spontan in den Arm.

„Ich bin kein Stalker. Ich mag Dich und freue mich Dir meine Heimat zu zeigen. So einfach ist das!"

Ich nickte und schlängelte mich wieder aus seiner Umarmung. Bevor ich mich wieder auf mein Handtuch setzten konnte, sagte Alejandro:

„Ich muss jetzt auch wieder los. Ich habe meiner Mutter versprochen, ihr im Büro zu helfen. Bei den rechtlichen Dingen kann ich sie unterstützen. Da macht sich so langsam das Studium bezahlt."

„Adios Alejandro!" antwortete ich. Er lächelte und sagte: Hasta luego Andrea", drehte sich um und lief durch den heißen Sand in Richtung Straße.

Als er verschwunden war, nahm ich mein Handtuch und legte es in den Schatten des einzigen knorrigen Baumes weit und breit. Ich wollte keinen Sonnenbrand riskieren.

Ich nahm erneut das Buch und las noch eine ganze Weile. Obwohl es um ein ernstes und trauriges Thema ging, schaffte es der Autor wunderbar, auch die glücklichen Momente, die er und Marie hatten, zu beschreiben. Er und seine Frau hatten eine große Verbundenheit und eine starke Liebe. Ich erwischte mich dabei, dass mir ein paarmal die Tränen kamen. Wo gab es bloß so einen Mann? Wahrscheinlich nur im Roman. Ich seufzte.

So langsam wurde es am Strand unerträglich heiß und ich bekam Hunger. Ich packte alles zusammen und schlenderte zum Auto. Losfahren konnte ich allerdings noch nicht. Auf den Ledersitzen des Kleinwagens hätte man ein Ei braten können. Die Temperaturanzeige zeigte eine Außentemperatur von 35 Grad an. Im Innenbereich war es sicher noch heißer. Ich ließ die Türen eine Weile offen, legte mein Handtuch auf den Vordersitz und nahm mir vor, demnächst nur noch im Schatten zu parken.

Zurück zum Haus fuhr ich einen etwas anderen Weg. Ich kam durch einen wunderschönen kleinen Ort, in dem die Zeit scheinbar stehen geblieben war. Im Schatten großer Pinien saßen auf dem Dorfplatz Senioren auf Bänken und unterhielten sich angeregt. Zwei Mütter standen mit ihren Babys bei einer älteren Frau, die bewundernd abwechselnd in die beiden Kinderwagen schaute. In einer Bodega an der Ecke saßen ein paar jüngere Leute, die ihre Mittagspause nutzten, um ein paar Tapas zu essen oder einen Kaffee zu trinken. Hier gefiel es mir. Ich suchte mir einen Parkplatz und ging ebenfalls zu der Bodega. Es waren noch ein paar Plätze im Schatten frei. Ich setzte mich in die Nähe des Eingangs. Der Kellner war ein älterer Mann mit einer dicken Brille. Er lächelte mir zu und gab mir die Speisekarte.

Ich bestellte mir ein Mineralwasser und studierte die Karte. Mein spanisch war nicht besonders, aber ich konnte mir aus einzelnen Begriffen die ich kannte, zusammenreimen was es zu essen gab.

Als der Kellner kam, bestellte ich eine Tortilla und einen gemischten Salat. Das war bei der Hitze genau das Richtige. Er nickte und sagte: „Bien!"

Das bedeutet so viel wie Gut oder Fein. Das wusste ich.

Ich lehnte mich entspannt zurück und beobachtete die Menschen um mich herum. Deutschland und Frank waren schon in weiter Ferne. Hierher zu reisen war die richtige Entscheidung.

Es dauerte nicht lange, da hörte ich wie der Kellner wieder in meine Richtung schlurfte. Er hob kaum die Füße. Wahrscheinlich war ihm das bei der Hitze zu anstrengend.

Als er die Teller vor mir abstellte, lächelte er. Er hatte ein von der Sonne gegerbtes Gesicht mit tiefen Falten. Hinter der dicken Brille konnte man freundliche Augen erkennen.

„Buen provecho!" Guten Appetit wünschte er mir und schlurfte zum nächsten Tisch. Ich rief ihm noch „Gracias" nach und nahm mein Besteck.

Es schmeckte herrlich. Ich aß alles auf, obwohl es eine große Portion war. Danach bestellte ich mir noch einen Kaffee und fühlte mich wunschlos glücklich.

Diese Reise hatte ich eigentlich Frank zu verdanken. Ohne seinen Betrug wäre ich wahrscheinlich nicht so schnell in Urlaub gefahren. Ich musste mir eingestehen, dass ich in der Zeit der Selbständigkeit, unsere Partnerschaft ziemlich vernachlässigt hatte. Ich war oft bis in den späten Abend im Geschäft. Manchmal auch am Wochenende. Das wurde mir jetzt bewusst. Natürlich musste ich den Laden zum Laufen bringen, aber ich hatte Frank oft allein gelassen. Das war kein Grund mich zu betrügen, aber machte mir schmerzlich klar, dass ich eine Mitschuld hatte.

Ich trank meinen Kaffee, winkte dem Kellner und bezahlte die Rechnung. Als dieser sein Trinkgeld sah, lächelte er und hob meine schwere Badetasche hoch, um sie mir zu geben. Ich bedankte mich und ging zurück zum Auto, das ich diesmal in den Schatten gestellt hatte. Ich hatte schnell dazu gelernt.

Satt und zufrieden fuhr ich das letzte Stück zurück zu Renates Haus. Das Auto von Ben stand auf dem Parkplatz, er schien aber nicht zuhause zu sein. Die Fenster seiner Wohnung waren alle geschlossen und an der Balkontür war die Jalousie heruntergelassen worden.

Ich brachte meine Tasche in die Wohnung und ging erst einmal unter die Dusche. Vorher öffnete ich alle Fenster und ließ auch die Terrassentür offen.

Es war stickig und heiß in der Wohnung.

Als ich wieder aus der Dusche stieg, angelte ich nach meinem Handtuch. Aus dem Augenwinkel sah ich plötzlich, dass Ben in meinem Wohnraum stand.

Jetzt sprang ich schnell zur Tür und schlug sie ihm vor der Nase zu. Ich rief durch die geschlossene Tür.

„Was fällt Dir denn ein, unaufgefordert in meine Wohnung zu kommen?" Ich schnaubte.

„Sorry, es stand alles offen. Ziemlich gefährlich, wenn Du hier allein bist. Ich wollte nachschauen, ob alles in Ordnung ist."

Mit einem Handtuch um den Oberkörper gewickelt und einem zweiten auf meinem Kopf, öffnete ich vorsichtig die Tür.

Ben stand immer noch an der gleichen Stelle und grinste breit.

„Jetzt sind wir quitt. Jeder hat den anderen einmal nackt gesehen. Das sollte für diesen Urlaub reichen!" sagte er spöttisch.

Jetzt aber raus hier!" sagte ich bestimmt und deutete zur Terrassentür.

Ben zuckte mit den Schultern und schlenderte demonstrativ langsam hinaus in den Garten.

„Was für ein frecher Kerl!" dachte ich und schaute ihm entrüstet nach. Manieren hatte er wohl gar keine. Aber ich musste ihm Recht geben. Hier draußen, so allein mitten in der Natur, wusste man ja nie wer sich so herumtreibt. Das nächste Mal wollte ich die Terrassentür schließen, wenn ich sie nicht im Auge hatte.

Nachdem ich mich abgetrocknet hatte, schlüpfte ich in ein Sommerkleidchen und Sandaletten. Ich wollte mir die Umgebung etwas genauer anschauen. Es gab einen kleinen Pfad durch einen Olivenhain, direkt neben dem Haus. Dort konnte ich im Schatten ein bisschen laufen.

Schon nach ein paar Metern merkte ich, dass Sandaletten keine gute Wahl waren. Ich kehrte noch einmal um und zog Turnschuhe an. Jetzt konnte ich den steinigen Pfad besser bewältigen. Es roch überall ganz wunderbar nach Rosmarin und anderen Kräutern. Die alten knorrigen Olivenbäume spendeten Schatten und in der Ferne konnte ich das glitzernde Meer erkennen. Ich atmete die würzige Luft tief ein. Langsam ging ich den Pfad etwas weiter. Im Tal konnte man ein paar Fincas, die typischen spanischen Bauernhäuser, erkennen. Ein Hund bellte. Immer weiter ging ich den bewachsenen Pfad entlang, bis ich an einer Stelle ankam, an der man über mehrere Felsblöcke klettern musste, um wieder auf den ursprünglichen Weg zu gelangen.

Ich entschloss mich zurück zu gehen. Ich hatte großen Durst. Das nächste Mal wollte ich mir eine Flasche Wasser mitnehmen und dann den Pfad bis ins Dorf hinunter laufen.

Wieder am Haus angekommen, setzte ich mich mit einem Glas Wasser auf die Terrasse und schrieb eine Nachricht an Simone.

Ich wollte wissen, ob im Geschäft alles in Ordnung war. Ein paar Minuten später kam die Antwort. Ich sollte mir keine Sorgen machen. Simone kam allein zurecht. Am Morgen war die restliche Ware, die ich auf der Messe gekauft hatte, angekommen. Renate hatte sich für den nächsten Tag bei ihr angemeldet. Sie wollte dann die Lieferung und die Rechnungen prüfen. Sie schrieb, ich soll den Urlaub genießen. Das nahm ich mir auch fest vor. Ich legte das Handy auf den Tisch und ging zum Pool. Ich setzte mich an den Rand des Beckens und steckte die Beine das kühle Wasser.

„Wie war Dein erster Tag in Spanien?" hörte ich auf einmal Bens Stimme. Er stand auf seinem Balkon und hatte nur eine Shorts an. Er sah unheimlich gut aus.

„Ich fange langsam an mich zu akklimatisieren!" antwortete ich und plantsche mit den Füßen.

„Pass auf, dass Du keinen Sonnenbrand bekommst. Du bist ja noch ziemlich käsig." Er lachte.

„Besten Dank auch. Du hast gut reden. Du bist ja schon lange hier. Da brauchst Du mit Deiner Bräune nicht anzugeben!" Ich war beleidigt.

„Ich meine es ja nur gut. Bist Du immer so zickig?" kam seine Antwort.

Ich wollte gerade etwas darauf antworten, da drehte er sich schon wieder um und verschwand im Inneren seiner Wohnung.

„Komischer Vogel!" Ich konnte mit seiner Art nichts anfangen.

Ich blieb noch eine Weile sitzen. Die Hitze machte mich müde. Es war noch früher Abend, aber ich wurde auf einmal schläfrig. Ich wollte mich etwas auf den Liegestuhl auf der Terrasse legen. Aber ich kam nicht dazu. Mein Handy klingelte. Die Nummer war mir nicht bekannt.

Es war Alejandro. „Deine Nummer stimmt ja doch. Ich habe damit gerechnet, dass Du mir eine Falsche aufgeschrieben hast, " sagte er zur Begrüßung.

Ich musste grinsen, weil ich kurzfristig wirklich darüber nachgedacht hatte.

„Ich werde doch meinen zukünftigen Reiseleiter nicht belügen!" antwortete ich und setzte mich auf die Liege.

„Das war das Stichwort!" sagte Alejandro. „Wann darf ich Dich morgen abholen? Und vor allem brauche ich Deine Adresse!"

Ich nannte sie ihm und wir vereinbarten, dass er um zehn Uhr hier sein sollte.

„Ich freue mich sehr! Hasta manana!" antwortete er und legte auf.

Auf einmal war ich gar nicht mehr müde, sondern aufgeregt. Ich freute mich tatsächlich darauf, dass mir Jemand, der sich auskannte, die Sehenswürdigkeiten zeigen würde.

Ich nahm das Buch aus der Strandtasche und setzte mich wieder auf die Terrasse. Ich las die nächsten Seiten. Ich war fasziniert von der Art und Weise, wie es geschrieben war. Schon lange hatte mich kein Roman so gefesselt. Die junge krebskranke Frau, von der das Buch handelte, war so positiv und voller Lebensfreude, dass ich mir mit meinen kleinen Problemen richtig schäbig vorkam.

Mein Freund hatte mich verlassen. Das war nicht schön. Aber im Alter von 28 Jahren an Krebs zu erkranken war ein wirkliches Schicksal.

Die Sonne verschwand jetzt hinter dem Haus und es wurde etwas kühler. Ich holte mir ein Tuch und schlang es mir um die Schultern. Als ich mich wieder auf die Liege setzen wollte, kam Ben mit zwei Flaschen Wein auf meine Terrasse.

Er hielt sie mir vor die Nase und fragte: „Rot oder doch lieber weiß?"

Ich schaute irritiert und sagte: „Wo Du so nett fragst! Ich mag lieber Rotwein!"

„Ich auch!" antwortete er und setzte sich ungefragt auf die Liege neben mich. Ich klappte das Buch zusammen und legte es auf einen kleinen Tisch. Ben schaute auf das Buch und dann zu mir:

„Schwere Kost für eine Urlaubslektüre!"

„Kennst Du den Roman?" fragte ich.

„Ich kenne den Schriftsteller!" antwortete er und goss den Wein in die Gläser.

„Seine Frau war sehr mutig. Ich weiß nicht, ob jeder so mit dieser Krankheit umgehen würde. Ich jedenfalls wäre wahrscheinlich verzweifelt", sagte ich.

Ben nickte nur und trank von seinem Wein. Er sagte nichts und schaute in Richtung Meer.

Ich nahm mein Glas und streckte mich auf der Liege aus. Es entstand eine unangenehme Stille. Ich wusste nicht, was ich sagen sollte.

Ben Förster war mir ein Rätsel. Er war eben noch gut gelaunt auf meine Terrasse gekommen und jetzt starrte er in die Gegend, ohne ein Wort zu sagen.

Nach einer Weile fragte ich dann doch: „Alles okay bei Dir?"

Ben schrak zusammen. Er war ganz abwesend und schaute mich jetzt erstaunt an.

„Ja natürlich. Salut!" Er hob sein Glas und prostete mir zu.

„Was hast Du für morgen geplant?" fragte er plötzlich.

„Ich werde mir die Gegend mal ein bisschen genauer anschauen!" antwortete ich. „Das Hinterland soll auch sehr schön sein."

„Darf ich Dich begleiten? Ich muss auch mal was anderes sehen. Allein macht es mir aber keinen Spaß!" fragte Ben.

Ich schluckte kurz. Damit hatte ich überhaupt nicht gerechnet. Erst gestern hatte Ben doch sehr deutlich gesagt, dass er seine Ruhe haben wollte.

„Ich werde morgen früh abgeholt. Ein Bekannter hat mich eingeladen, mir hier die Sehenswürdigkeiten zu zeigen!" sagte ich und schaute zu ihm hinüber.

Er zog erstaunt die Augenbrauen hoch und sagte ironisch: „Da hast Du ja schnell Anschluss gefunden. Na ja, kein Wunder. Du bist hier allein unterwegs und außerdem bildhübsch. Pass nur auf Dich auf!"

Jetzt schaute ich erstaunt. „War das etwa ein Kompliment?" sagte ich und lächelte.

„Nur eine Feststellung!" sagte Ben und trank seinen Rotwein aus. Er stand auf und schaute auf mich herunter.

„Dann wünsche ich Dir morgen viel Spaß!" sagte er und ging ohne ein weiteres Wort zurück in seine Wohnung.

Ich schüttelte den Kopf und wusste ein weiteres Mal nicht, was ich von diesem Mann halten sollte.

Es wurde langsam dunkel. In der Ferne konnte man die Lichter der nächsten Ortschaft erkennen. Ich nahm mir noch ein Glas Wein. Da ich etwas Hunger hatte, holte ich mir noch den Käse und Oliven aus der Wohnung und machte es mir draußen wieder gemütlich.

Um mich herum war eine Stille, wie ich sie aus Deutschland gar nicht kannte.

Keine Motorengeräusche oder der übliche Lärm der Stadt waren zu hören. Selbst die Vögel schwiegen jetzt, wo die Sonne untergegangen war. Ich hörte nur ganz leise, dass Ben über mir auf dem Balkon, auf seiner Laptop Tastatur tippte. Ich war neugierig, was er für Romane schrieb. Ich nahm mein Handy und versuchte etwas im Internet über ihn zu recherchieren. Aber unter dem Namen Ben Förster fand ich keinen Treffer. Wahrscheinlich benutzte er ein Pseudonym.

Ich knabberte an dem Käse und überlegte, ob ich ihn einfach fragen sollte.

Es interessierte mich schon, was so ein introvertierter Mann für Literatur verfasste. Ich wurde langsam müde. Die Hitze war ich einfach nicht gewohnt.

Ich nahm die Speisen und den Wein mit in die Wohnung und stellte alles in den Kühlschrank.

Die Gläser spülte ich aus. Dann ging ich unter die Dusche und direkt ins Bett. Ich war gespannt, was der nächste Tag für Abenteuer bringen würde.

Am nächsten Morgen wurde ich früh wach, weil ich die Vorhänge nicht richtig zugezogen hatte. Die Sonne kitzelte meine Nase. Ich schaute auf die Uhr auf dem Nachtisch. Sie zeigte gerade halb acht an. Ich blieb noch eine Weile liegen und endschied mich dann, ein paar Runden im Pool zu schwimmen. Es war noch angenehm kühl und ich wollte mich etwas sportlich betätigen. Zuhause kam ich dann wieder nicht mehr regelmäßig dazu.

Ich zog den Bikini an und schlenderte mit einem Handtuch durch den Garten. In der oberen Wohnung war noch alles still. Ben schlief sicher noch.

Es roch nach Orangen und nach Rosmarin, der hier wie Unkraut wuchs. Ich atmete die Luft tief ein und wunderte mich über mich selbst. Noch vor drei Tagen war ich wegen Frank todunglücklich gewesen.

Hier in Spanien hatte ich ihn schon fast vergessen. Es tat immer noch weh, dass er mich mit meiner besten Freundin betrogen hatte. Aber mit dem Abstand, sah ich jetzt in der Trennung auch eine Chance für mich. Mein Leben war in den letzten Jahren nur von Arbeit und der Angst, dass ich das Geschäft wieder aufgeben müsste, erfüllt gewesen. Das merkte ich hier sehr, da ich endlich einmal abschalten konnte.

Ich legte das Handtuch auf einen der Stühle und ging unter die Dusche, die neben dem Pool in eine Nische eingebaut war. Das Wasser war ziemlich kalt und ich quietsche laut, als der Strahl auf meinem Kopf landete.

Dagegen war das Wasser im Pool richtig warm. Ich schwamm eine halbe Stunde und fühlte mich fit und munter. Danach sonnte ich mich noch eine Weile bis der Bikini wieder trocken war. So langsam sah man schon eine leichte Bräune.

„Von wegen käsig!" maulte ich in Gedanken an das, was Ben gesagt hatte.

Es war halb zehn, als ich wieder in der Wohnung war. Ich machte mir einen Kaffee. Dann zog ich mir Shorts und eine leichte Bluse über den Bikini. Da ich nicht wusste, ob Alejandro mit mir auch an einen Strand fahren wollte, war es besser, ihn gleich an zu behalten.

Kurz vor zehn hörte ich ein Auto hupen. Ich nahm meine Strandtasche und eine Flasche Wasser, zog meine Flip Flops an und schloss die Tür hinter mir.

Alejandro wartete an der Einfahrt neben einem Cabrio auf mich. Er lehnte an der Fahrertür und grinste, als ich um die Ecke bog.

„Schön Dich zu sehen. Du siehst sexy aus!" sagte Alejandro und kam mir entgegen. Er gab mir, wie in Spanien üblich, einen Kuss abwechselnd auf beide Wangen. Dann nahm er meine Hand und zog mich Richtung Auto.

„Wer ist der Typ, der uns da oben vom Balkon beobachtet?" fragte er und schaute mich fragend an.

„Das ist der andere Mieter. Er wohnt schon länger hier. Er ist Schriftsteller!" antwortete ich.

Ich drehte mich um und sah Ben kopfschüttelnd auf dem Balkon stehen. Er machte ein missbilligendes Gesicht, als ob er sagen wollte: „Da hast Du Dir ja einen netten spanischen Gigolo geangelt."

Ich zuckte mit den Schultern. Sollte er doch denken was er wollte. Ich musste ihm keine Rechenschaft abgelegen. Trotzdem ärgerte ich mich etwas über sein Verhalten.

Alejandro und ich setzten uns in das Cabrio und fuhren die kleine Straße entlang in Richtung Meer.

Nach einer Weile bog Alejandro ins Landesinnere ab.

„Wohin willst Du mich denn heute entführen?" fragte ich und genoss es, mir den Wind um die Nase wehen zu lassen.

„Lass Dich überraschen. Zuerst geht es in Richtung Xativa. Dort gibt es ein altes Castillo, also eine Burg, die hoch oben über der Stadt thront. Das wird Dir gefallen. Danach sehen wir weiter!" Er lächelte.

Wir fuhren durch eine wunderschöne Landschaft. Immer wieder konnte man zwischen den Bäumen oder Hügeln das Meer erkennen. Allerdings entfernten wir uns immer weiter davon. Nach einer halben Stunde waren wir in Xativa angekommen. Der Ort war lebendig und hatte eine schöne Altstadt. Touristen konnte man hier kaum finden. In den Straßencafés saßen ausschließlich Einheimische, die sich angeregt und lautstark unterhielten. Es herrschte eine ziemliche Geräuschkulisse. Alejandro deutete auf ein Café in einer kleinen Seitenstraße. Hier war es etwas ruhiger. Da wir Beide noch nicht gefrühstückt hatten, bestelle er jetzt süßes Backwerk, dass hier in der Region gern zum Kaffee gegessen wurde.

Wie ließen es uns schmecken. Alejandro erzählte etwas über die Geschichte der Burg, die wir nach dem Frühstück besuchen wollten. Ich beobachtete in der Zwischenzeit das Gewimmel um mich herum.

Als ich mich zu Alejandro umdrehte sah ich, dass er mich die ganze Zeit beobachtet hatte.

„Gefällt es Dir hier? Das hier ist typisch für fast alle spanischen Städte. Es findet sehr viel draußen auf der Straße und in den Bodegas oder Cafés statt. Die Spanier sind sehr kommunikativ. Die Geräuschkulisse ist aber manchmal anstrengend!" sagte er und lachte.

Ich musste auch schmunzeln, denn genau das hatte ich gerade auch gedacht.

Ich rief den Kellner und ließ mir die Rechnung geben.

„Ich lade Dich heute ein. Da Du sicher kein Trinkgeld annehmen wirst, entschädige ich Dich so für Deine Zeit und Mühe als Reiseleiter", sagte ich.

„Das ist doch nicht nötig. Es ist mir eine Ehre eine so schöne Frau zu begleiten!" Alejandro schaute mir tief in die Augen. Ich wurde nervös und hätte fast die Kaffeetasse umgestoßen.

„Mach mir nicht immer solche Komplimente! Dafür bezahle ich Dich nicht!" antwortete ich und zwinkerte ihm zu.

„Die gibt es auch gratis!" konterte er und stand auf.

„Vamos! Lass uns gehen!" kommandierte er.

Ich steckte meine Geldbörse in die Tasche und folgte ihm durch die schmalen Gässchen.

Bald hatten wir eine Treppe erreicht, die sich endlos lang zu einer Anhöhe schlängelte.

„Da müssen wir hoch?" fragte ich ängstlich und deutete auf meine Flip Flops.

„Damit wird es allerdings wirklich schwierig!" antwortete er und grinste.

Ich hatte vorsichtshalber meine Turnschuhe mitgenommen, weil ich mir schon gedacht hatte, dass wir etwas laufen oder klettern würden. Die holte ich jetzt aus der Strandtasche und hielt sie Alejandro unter die Nase.

„Ich bin auf alles vorbereitet!" sagte ich triumphierend.

Ich setzte mich auf eine Mauer und wechselte das Schuhwerk. Die Flip Flops verstaute ich wieder in der Tasche.

Wir gingen langsam die Stufen Richtung Castillo hoch. Immer wieder musste ich eine Pause einlegen, da der Anstieg bei der Mittagshitze sehr mühsam war. Ich trank aus meiner Wasserflasche und reichte sie Alejandro. Der bedankte sich und nahm auch ein paar große Schlucke.

„Es ist zwar sehr anstrengend in der Mittagszeit, aber dafür werden wir da oben fast alleine sein. Wir haben dann die Burg für uns." Alejandro zwinkerte mir zu.

Nach einer knappen halben Stunde waren wir endlich angekommen. Was ich dann sah, ließ mich die Anstrengung aber sofort vergessen.

Man hatte eine traumhaft schöne Aussicht auf die Stadt und konnte weit bis ins Landesinnere schauen. Es war atemberaubend.

„Na Du Burgfräulein. Gefällt es Dir?" fragte Alejandro gespannt.

„Ich bin wirklich beeindruckt!" sagte ich und drehte mich langsam im Kreis, damit ich die Aussicht von allen Seiten genießen konnte.

Alejandro legte seinen Arm um meine Schulter und schaute auch in die Ferne.

„Ich liebe meine Heimat, hier oben fühle ich mich immer frei. Man hat das Gefühl, man schwebt über der Landschaft!"

„Da hast Du wirklich Recht. Es ist wunderschön hier!" antwortete ich und wand mich aus seiner Umarmung.

„Ist es Dir unangenehm wenn ich Dich berühre?" fragte Alejandro jetzt und stellte sich dicht vor mich.

„Ich habe Dir doch schon gesagt, dass ich keinen Urlaubsflirt oder Affäre suche. Ich mag Dich sehr Alejandro, aber das wird nichts mit uns. Ich bin außerdem wirklich zu alt für Dich!" sagte ich bestimmt.

Er stöhnte und verdrehte die Augen.

„Ich habe mich aber leider in Dich verliebt. Seit dem Moment, wo ich Dich auf unserer Orangenplantage gesehen habe, denke ich dauernd an Dich. Und das ich Dich zufällig am Strand wiedergetroffen habe, kann doch kein Zufall sein!"

Jetzt war ich sprachlos. Ich schaute in die Ferne und wusste nicht, was ich sagen sollte. Nach einer Weile drehte ich mich zu Alejandro um. Er stand ein paar Meter abseits und kickte mit dem Fuß kleine Steine gegen eine Mauer.

Er kam jetzt auf mich zu und sagte: „Der Altersunterschied ist doch egal. Die paar Jahre sind doch nicht der Rede wert. Habe ich denn gar keine Chance?"

„Ich mag es einfach nicht, so bedrängt zu werden. Lass uns doch einfach abwarten was passiert. Ich kann im Moment gar keine Gefühle zulassen. Mein letzter Freund hat mich sehr verletzt. Das muss ich erst einmal verarbeiten!"

Er nickte und nahm meine Hand.

„Ich lass Dir Zeit. Ich verstehe Dich! Dann lass uns mal weiterfahren. Es wartet noch ein schönes Programm auf Dich!" sagte er und wir gingen Hand in Hand wieder in Richtung Ausgangstor.

Der Abstieg war wesentlich angenehmer und wir waren schnell wieder am Auto angekommen.

Wir fuhren eine Weile schweigend weiter, als Alejandro plötzlich auf einen Feldweg abbog. An der Hauptstraße hatte ich ein Hinweisschild auf einen Wasserfall gesehen. Nach ungefähr zwei Kilometern hielt er auf einem kleinen Parkplatz.

„Das ist ein Schleichweg zu den Wasserfällen. So gehen wir den Touristen aus dem Weg. Hier ans andere Ende verirren sich kaum welche. Das hier kennen nur Einheimische." Er lächelte.

Wir gingen einen schmalen Pfad entlang. Man konnte schon deutlich das Tosen der Wasserfälle hören. Und dann standen wir auf einmal vor dieser beeindruckenden Kulisse. Das Wasser stürzte an vielen Stellen die Felsen hinunter. Manchmal als kleiner Rinnsal und dann wieder als große Wassermasse. Das Wasser sammelte sich in mehreren natürlichen Becken, die man als Pool benutzen konnte. Ein paar Einheimische hatten Decken ausgebreitet und machten ein Picknick. Andere vergnügten sich in den Wasserbecken. In der Ferne konnte man sehen, dass sich noch mehrere Wasserfälle auf der Rückseite der Felsen erstreckten. Dort konnte man wesentlich mehr Menschen erkennen. Das war wahrscheinlich der Bereich, den man den Touristen zeigte.

Alejandro hatte eine Decke aus dem Auto mitgenommen. Die breitete er jetzt aus und wir setzten uns im Schneidersitz darauf. Er holte aus einer Kühltasche, die er ebenfalls aus dem

Kofferraum mitgenommen hatte, Obst, Käse und Brot. Außerdem hatte er Wasser und eine Flasche Saft dabei. Dann holte er noch eine Piccolo Flasche Sekt heraus und sagte: „Lass uns auf diesen schönen Tag trinken. Ich nehme nur ein paar Schluck, ich muss ja noch fahren!"

Wir prosteten uns zu und aßen von den Leckereien, die er mitgenommen hatte. Jetzt stellte sich heraus, dass es clever war, den Bikini angezogen zu haben. Nach dem Essen schwammen wir eine ganze Weile in den Wasserbecken und duschten unter dem Strahl der Wasserfälle. Es war sehr erfrischend und ein tolles Erlebnis.

Als unsere Badesachen getrocknet waren, suchten wir unsere Sachen zusammen und gingen langsam wieder zum Auto.

Alejandro lenkte den Wagen wieder in Richtung Meer. Ich wurde schläfrig und machte die Augen zu. Als ich wieder wach wurde, hatte Alejandro gerade den nächsten Ort erreicht. Er grinste und sagte: „Hast Du gut geschlafen?"

Ich rieb mir die Augen und schaute auf die Uhr. Ich hatte tatsächlich eine halbe Stunde fest geschlafen.

Ich nickte und hoffte, dass ich nicht geschnarcht hatte.

Wir parkten im Schatten einer großen Pinie und ich kletterte mühsam aus dem Auto. Erst jetzt merkte ich, dass ich einen leichten Sonnenbrand hatte.

Ich kaufte in einer Apotheke, an der wir vorbeikamen, gleich etwas zum Einreiben und etwas gegen Mückenstiche. Alejandro übersetzte was ich brauchte. Wie gut, dass ich einen Dolmetscher dabei hatte.

„Wir sind hier in Villa Joyosa. Sie ist bekannt als Schokoladenstadt. Hier gibt es den besten Kakao, Schokolade und Nougat in ganz Spanien", sagte Alejandro, als wir durch die idyllischen Gassen des kleinen Ortes schlenderten.

Er steuerte auf einen Laden zu, die in der Auslage riesige Mengen von Schokolade, Pralinen und verschiedene Kakaosorten anboten. Wie betraten den klimatisierten Raum. Ein leckerer Duft von Kakao lag in der Luft.

Wir stöberten in den Regalen. Eine Verkäuferin ließ uns ein paar Sorten Schokolade probieren. Ich kaufte mir eine Box mit verschiedenen Kakaosorten, als Andenken für zuhause. In dem kleinen Café, dass dem Laden angeschlossen war, tranken war dann noch eine Schokoladenspezialität, die herrlich schmeckte.

Ich fühlte mich sehr wohl in Alejandros Gesellschaft. Wir hatten viel Gemeinsamkeiten und den gleichen Humor. Er wollte alles von mir wissen und war sehr überrascht, als ich ihm erzählte, dass ich Inhaberin eines eigenen Geschäfts war.

„Du bist so jung und hast schon einen eigenen Laden?" fragte er. „Was ist das denn für ein Geschäft?"

„Ich verkaufe Kindermode und biete auch solche Dinge wie Spielsachen und Kleinmöbel an. Ich habe den Laden schon vor drei Jahren übernommen. Es läuft gut!" antwortete ich stolz.

„Ich hoffe, dass ich übernächstes Jahr mit meinem Jura Studium fertig werde. Es sieht aber gut aus. Ich werde dann wieder nach Spanien zurückkommen. Ich habe die Möglichkeit in die Kanzlei eines Freundes meines Vaters einzusteigen.

„Das klingt nach einem guten Plan!" sagte ich und trank den Rest der Schokolade.

Alejandro lachte plötzlich laut. Ich schaute ihn fragend an.

„Du hast einen Kakao-Schnurrbart!" sagte er und zeigte auf meine Oberlippe.

Ich wischte die Schokolade schnell mit der Serviette ab und musste auch lachen.

Es war schon spät am Nachmittag und so langsam bekam ich Hunger. Ich fragte Alejandro, ob ich ihn zum Essen einladen darf. Mir war es unangenehm, dass er seine Freizeit für mich opferte.

„Ich habe da schon etwas geplant und einen Tisch an einem besonderen Ort reservieren lassen.

Komm wir fahren weiter. Es sind noch ungefähr dreißig Kilometer von hier. Wir fahren die Küstenstraße entlang. Das ist sehr idyllisch!"

Wir gingen zurück zum Auto. Die Fahrt entlang der Küste, wieder zurück nach La Font, war wirklich sehr schön. Wir durchfuhren mehrere Ferienorte, die voller Touristen waren. Ich war froh, dass der Strand in der Nähe von Renates Haus, nicht annähernd so voll war, wie diese hier an der Costa Blanca. Die Landschaft war aber atemberaubend schön.

Die Straße führte auf einmal wieder ins Landesinnere. Wir fuhren zum Leuchtturm am Cap de Nau. Hier oben gab es ein Restaurant, das über die Klippen gebaut war. Auf der Terrasse hatte man das Gefühl man schwebt über dem Meer. Es war wie im Traum. Das Wasser glitzerte. In der Ferne konnte man einige Segelboote erblicken. Alejandro sprach mit einem Kellner auf Spanisch. Ich verstand nur so viel, dass er nach der Reservierung fragte. Der Kellner nickte und zeigte auf einen Tisch direkt am Ende der Terrasse, mit herrlichem Blick über die Bucht.

Der Kellner brachte eine Flasche Wasser und für mich ein Glas Weißwein. Alejandro prostete mir zu und nahm meine Hand.

„Danke, dass Du mit mir hier bist. Ich bin im Moment sehr glücklich!"

„Das war wirklich ein wunderschöner Tag. Ich danke Dir Alejandro. Ohne Dich hätte ich diese Orte nie gefunden!" Ich entzog ihm meine Hand und lächelte ihn an. Ich fühlte mich sehr geschmeichelt, dass er mir solche Komplimente machte. Er war in mich verliebt. Das konnte man deutlich merken. Aber ich wollte ihm keine Hoffnung machen. Ich war noch nicht bereit für ein Abenteuer. Denn mehr würde aus uns sicher nicht werden.

Meine Gedanken wurden unterbrochen, weil uns der Kellner jetzt die Überraschung brachte. Er stellte eine riesige Pfanne duftende Paella in die Mitte des Tisches.

„Ich habe gar nicht gefragt, ob Du Meeresfrüchte magst!" sagte Alejandro kleinlaut.

„Ich liebe Muscheln und Scampi", sagte ich und ließ mir von ihm etwas davon auf den Teller legen.

Ich probierte vorsichtig. Ich hatte früher schon einmal Paella in Deutschland gegessen. Aber hier, mit diesem Ausblick, schmeckte es einfach göttlich.

Auch Alejandro häufte sich den Teller voll. Er schien noch mehr Hunger als ich zu haben. Ich musste grinsen.

Nach dem Essen bestellte ich uns noch einen Espresso. Wir saßen noch lange auf der Terrasse. Die Sonne war hinter einem Hügel verschwunden und er wurde angenehm kühl. Ein leichter Wind kam auf. Jetzt konnte man es aushalten.

Ich schloss die Augen und genoss die kühle Brise. Deutschland und mein Geschäft lagen in weiter Ferne.

Trotzdem wollte ich am Abend nochmal bei Renate anrufen, um zu hören ob alles in Ordnung sei. Außerdem wollte ich ihr berichten, wie wunderschön es hier in Spanien war.

Als die Sonne schon fast verschwunden war, ging ich in das Innere des Restaurants und bezahlte die Rechnung. Als ich wieder an den Tisch kam, hatte Alejandro gerade den Kellner gerufen. Er wollte bezahlen. Dieser erklärte ihm jetzt, dass die Rechnung schon beglichen war.

Alejandro schaute mich fragend an. Ich zwinkerte ihm zu und zuckte mit den Schultern.

Ich nahm meine Tasche und wir gingen zum Auto zurück.

Der Rückfahrt zum Haus dauerte noch eine Stunde. Es war schon dunkel, als ich vor Renates Haus aus dem Auto stieg.

Alejandro ging noch mit bis zur Tür. Er nahm mich in den Arm und bedankte sich noch einmal für den schönen Tag. Als er mich küssen wollte, hielt ich ihn auf Abstand. Er lächelte und sagte nur leise:

„Der Versuch ist doch nicht strafbar, oder?"

„Strafbar nicht, aber vergebens! Gute Nacht Alejandro und vielen Dank für alles!" antwortete ich.

In diesem Moment hörte ich, wie über uns etwas auf den Boden fiel. Ben Förster saß auf dem Balkon und hatte uns anscheinend belauscht.

„Guten Abend Ben!" rief ich nach oben und Alejandro lachte leise.

„Ich rufe Dich an", sagte er und ging zurück zum Auto. Ich hörte wie er den Motor anließ und abfuhr.

Ich schloss die Tür zur Wohnung auf und lüftete erst einmal durch. Die Luft war heiß und stickig. Von draußen kam jetzt etwas kühlere Luft hinein. An der Außenwand der Terrasse saßen zwei kleine Geckos und warteten auf Insekten. Als ich auf die Terrasse hinaustrat, huschten sie schnell in kleine Mauerspalten.

Der Tag hatte mich aufgewühlt. Es gab so viele Eindrücke, die ich erst einmal verarbeiten musste. Ich hatte mir ein Glas Wein mit nach draußen genommen und machte es mir auf einer Liege bequem. Es war zu spät um Renate anzurufen. Ich verschob es auf den nächsten Tag.

Am nächsten Morgen wurde ich schon früh durch ein lautes Poltern über mir geweckt. Ich brummte etwas Unfreundliches und drehte mich noch einmal um. Aber kurz darauf wurde es über mir wieder laut. Es hörte sich an, als ob Jemand die Möbel hin und her schob. Was sollte das denn am frühen Morgen? Ich war genervt und stand auf. Ich zog mir nur einen Morgenmantel an und ging auf die Terrasse.

„Was machst Du denn da oben für einen Krach. Spielt Du Bowling in der Wohnung?" rief ich nach oben.

Kurz darauf erschien Bens Kopf über der Balkonbrüstung. Er lachte laut.

„Sorry Andrea. Ich bekomme ab und zu Besuch von einer Katze aus der Nachbarschaft. Jetzt ist sie unter der Kommode verschwunden und kommt allein nicht mehr raus. Kannst Du mir helfen, die Kommode etwas abzurücken? Sie ist echt schwer!"

Ich nickte. „Ich ziehe mir nur etwas anderes an!" sagte ich.

„Von mir aus kannst Du so bleiben!" antwortete Ben und zwinkerte mir zu.

„Schon klar!" brummte ich und ging zurück in die Wohnung, um mir eine Hose und Bluse über zu streifen.

Danach stieg ich über die Außentreppe nach oben. Die Wohnungstür stand offen. Die Einrichtung war fast identisch zu der unteren Wohnung. Allerdings stand im Wohnzimmer ein großer Schreibtisch. Bei mir stand an gleicher Stelle nur ein Weinregal.

„Hallo?" fragte ich, weil ich Niemanden entdecken konnte. In diesem Moment kam Ben mit zwei Bechern Kaffee in den Raum.

„Du hast doch bestimmt noch nicht gefrühstückt, oder?" fragte er.

„Um diese Zeit frühstücke ich nur, wenn ich arbeiten muss!" Ich nahm ihm den Kaffeebecher ab.

„Ach komm, es ist doch schon fast acht Uhr!" sagte Ben und trank einen Schluck Kaffee.

Ich stöhnte leise und fragte nach der Katze.

Ben deutete zu einer schweren Kommode, die im Flur in einer Nische stand. Ich schaute unter die Kommode und konnte zwei große Augen erkennen. Der Rest der Katze klemmte irgendwie fest.

„Dann lass uns den Tiger mal befreien!" sagte ich und stellte mich an die rechte Seite der Kommode. Ben ging an die andere Seite und kommandierte:

„ Auf drei heben wir an!"

Die Kommode war unheimlich schwer. Wir schafften es erst nach dem dritten Versuch sie soweit anzuheben, dass die verängstigte Katze herausschlüpfen konnte. Sie schaute uns Beide an, als wollte sie sagen: „Na endlich!" und lief dann schnell zur Eingangstür.

Ben und ich mussten lachen.

„Danke für Deine Hilfe bei der Rettungsaktion!" sagte Ben. „Hast Du Lust mit mir auf dem Balkon zu frühstücken? Als Entschädigung für den Krach heute Morgen!"

„Warum nicht. Großen Hunger habe ich allerdings nicht!" antwortete ich und ging langsam auf den

Balkon. Von hier oben hatte man ebenfalls eine wunderschöne Aussicht. Vor allem auf meine Terrasse.

„Ich habe lieber die obere Wohnung gemietet!" sagte Ben. „Hier kann ich auch mal alle Fenster offen lassen, ohne Angst zu haben, dass hier Jemand einsteigt."

„Ist denn schon mal eingebrochen worden?" fragte ich ängstlich.

„Nein, bisher noch nicht. Aber ich bin lieber vorsichtig."

Ben kam mit einem Tablett mit Croissants und Marmelade, Butter, einer Kaffeekanne und etwas Obst auf den Balkon. Er stellte alles auf dem rustikalen Tisch ab und gab mir einen Teller und Besteck.

„Ist das so okay für Dich?" fragte er und deutete auf den Tisch mit den Speisen.

„Alles bestens. Wo hast Du denn die Croissants her?"

„Ich fahre jeden Morgen ganz früh zum Bäcker nach La Font. Dann trinke ich dort einen Espresso und frühstücke später zuhause. Manchmal setze ich mich aber auch zuerst an mein Laptop. Und manchmal befreie ich Katzen!" Er lachte.

„Was schreibst Du denn für Romane?" fragte ich. „Ich habe nichts gefunden, als ich Dich gegoogelt habe!" sagte ich und wurde rot, als mir auffiel das ich mich heimlich über ihn informiert hatte.

Ben lächelte und antwortete: „Ich schreibe Thriller und Krimis. Allerdings unter einem Pseudonym. Zuletzt habe ich aber auch einen autobiografischen Roman geschrieben."

„Unter welchem Namen schreibst Du denn? Oder ist das ein Geheimnis?" wollte ich wissen.

„Ich bin Benjamin Boland!" sagte er leise. „Boland ist der Mädchenname meiner Mutter."

„Boland? Kommt mir irgendwie bekannt vor", sagte ich und überlegte. Auf einmal fiel es mir ein und mir wurde heiß.

„Du hast den Roman geschrieben, den ich gerade lese!" Ich war auf einmal ganz verlegen. Ich wusste nicht, was ich sagen sollte. Bens Frau war gestorben und er hatte diesen wundervollen Roman über ihre gemeinsame Zeit geschrieben.

„Es tut mir sehr leid, was passiert ist. Wann ist denn Deine Frau gestorben?" wollte ich wissen.

„Es ist jetzt drei Jahre her. Wir waren früher sehr oft hier in Urlaub. Deshalb verbringe ich meine Sommer in Spanien. Hier bin ich ihr immer noch nahe!" flüsterte er.

Ich trank einen Schluck Kaffee und schaute in Richtung Meer. Jetzt verstand ich auf einmal, warum Ben gelegentlich so launisch war. Er trauerte immer noch um seine Frau.

„Möchtest Du noch etwas Obst?" fragte Ben und hielt mir den Korb hin.

„Nein Danke, ich brauche nur ein Croissant und Kaffee."

„Wie war Dein Tag gestern mit Deinem spanischen Bekannten?" fragte Ben plötzlich.

„Es war wirklich sehr schön. Er hat mir ein paar wunderschöne Orte gezeigt, die ich sonst wohl nie gefunden hätte!" antwortete ich und schaute zu Ben hinüber.

„Der steht ja sehr auf Dich. Hat er eine Chance bei Dir?" fragte Ben.

Ich war sehr erstaunt, dass er mich so direkt danach fragte. Eigentlich ging es ihn ja nichts an.

„Warum willst Du das wissen? Hast Du ein Problem damit, dass ich mich mit ihm treffe?" sagte ich etwas genervt.

„Du kannst machen was Du willst!" sagte Ben.

Nach einer Weile drehte er sich zu mir herum. Er schaute mir in die Augen. Ich wurde rot und bekam heftiges Herzklopfen. Was war denn mit mir los?

„Ich habe mich gerade erst von meinem Freund getrennt. Ich hab erstmal die Nase voll von Männern!" sagte ich beleidigt.

Ben stellte seinen Kaffeebecher auf den Tisch und sagte dann: „Das habe ich ja nicht gewusst. Entschuldige bitte!"

„Kein Problem! Ich bin hier, um diese ganze Sache zu vergessen. Mir ist jetzt aber klar geworden, dass es nicht nur Franks Schuld war. Ich habe auch Fehler gemacht!"

Wir schwiegen eine Zeitlang. Ich trank meinen Kaffee aus und aß das Croissant.

„Ich muss mal wieder los!" sagte ich dann. Mir war es unangenehm, dass diese Stille zwischen uns entstanden war. Ich wollte Ben nicht weiter ausfragen. Er sollte mich nicht für neugierig oder taktlos halten.

Ich stand auf und ging zur Balkontür.

„Danke für das Frühstück!" sagte ich und Ben antwortete: „Danke für die Katzenrettung!"

Zurück in der Wohnung überlegte ich, wie ich den Tag verbringen konnte. Nach dem gestrigen, aufregenden Tag wollte ich einfach nur relaxen.

Ich rief bei Renate an und ließ mich auf den neuesten Stand im Geschäft bringen. Renate war richtig gut gelaunt. Sie berichtete, dass alles super lief. Simone hatte alles im Griff. Die Lieferung der Ware war problemlos und Renate hatte meine Bücher auf Vordermann gebracht.

„Du glaubst gar nicht, wieviel Spaß mir das macht!" sagte sie. „Endlich habe ich mal wieder eine Aufgabe. Und Simone ist wirklich fleißig und hat das richtige Händchen für den Verkauf."

„Ich bin so froh, dass ihr mich unterstützt. Renate Du bist ein Engel. Ich fühle mich hier in Spanien so wohl. Ich bin ja erst drei Tage hier, aber es ist, als ob ich schon ewig da bin."

„Wie klappt es denn mit Ben?" fragte sie. „Er ist ja ein ziemlicher Eigenbrötler."

„Wir kommen schon klar. Ich war gestern den ganzen Tag unterwegs. Ich habe hier einen netten jungen Spanier kennen gelernt. Der hat den Reiseleiter für mich gespielt."

„Wie heißt er denn?" wollte Renate wissen.

„Alejandro. Den Nachnamen weiß ich gar nicht. Seiner Mutter und den Brüdern gehören hier einige Orangenplantagen."

„Dann weiß ich wer es ist. Er heißt Alvarez. Seine Mutter Brigitte ist auch Deutsche."

„Ja das stimmt!" antwortete ich. Hier schienen sich alle zu kennen.

„Das ist eine sehr nette Familie. Nach dem Tod von Pedro Alvarez haben alle zusammen gehalten. Nur so konnten sie die Plantagen weiter bewirtschaften."

Wir unterhielten uns noch eine Weile. Ich war beruhigt, dass mich zuhause anscheinend keiner vermisste. So konnte ich den Urlaub weiterhin genießen.

Ich zog meinen Bikini an und setzte mir einen Strohhut auf den Kopf. Die Sonne schien schon wieder unerbittlich vom strahlend blauen Himmel.

Am Pool setzte ich mich in den Schatten eines Baums, auf einen der Liegestühle. Ich hatte den Roman mitgenommen, aber irgendwie hatte ich Hemmungen ihn weiter zu lesen. Nachdem ich jetzt wusste, dass Ben der Autor war und er seine Liebesgeschichte und den Abschied von seiner Frau niedergeschrieben hatte, hatte ich das Gefühl es wäre taktlos. Ich war hin und her gerissen. Ich legte das Buch erst einmal wieder weg und ging unter die Dusche, um dann im Pool zu schwimmen. Ich genoss die Stille und die Tatsache, dass ich schon nach so kurzer Zeit erholt und entspannt war. Kein Wunder, dass Renate sich nicht von dem Haus trennen konnte. Das hier war eine Oase der Ruhe.

Ich stieg erst wieder aus dem Pool als meine Finger ganz schrumpelig waren und trocknete mich schnell ab, um mich in die Sonne zu legen. Aber schon nach kurzer Zeit zog ich den Liegestuhl zurück in den Schatten. Ich war zwar schon etwas braun, aber ich wollte keinen Sonnenbrand riskieren.

Etwas später ging ich zurück in die Wohnung um mir etwas zu trinken zu holen. Als ich mit dem Glas auf die Terrasse kam, hörte ich Ben vom Balkon rufen. Er schaute über das Geländer.

„Hast Du heute etwas vor, oder könntest Du mir bei einer Entscheidung helfen?" fragte er.

„Ich habe nichts geplant. Wobei kann ich Dir denn helfen?" antwortete ich.

„Das verrate ich jetzt noch nicht. Lass Dich überraschen. Kannst Du in einer halben Stunde fertig sein?" Ben ließ seinen Blick über meinen Körper wandern und ich wurde verlegen.

„Natürlich. Ich mache mich nur kurz zurecht und warte dann am Auto auf Dich!" sagte ich und ging wieder zurück in die Wohnung.

Ich zog den noch feuchten Bikini aus und holte mir Unterwäsche aus der Kommode. Dann zog ich ein dünnes Sommerkleid an, denn es war heute extrem heiß. Ich brachte den Bikini nach draußen und hängte ihn in die Sonne.

Ich flocht meine Haare zu einem Zopf und legte ein leichtes Makeup auf. Dann nahm ich meine Tasche und ging zum Parkplatz vor dem Haus.

Ben kam auch gerade die Treppe hinunter. Er hatte eine Shorts und ein leicht knittriges Hemd an. Er sah umwerfend aus.

Er öffnete mir die Autotür und sagte leise: „Darf ich Dir sagen, dass Du heute zum Anbeißen sexy aussiehst?"

Ich wurde tatsächlich rot und stammelte: „Die Frage kommt zu spät, aber Danke für das Kompliment!"

Ich öffnete das Fenster, damit der Fahrtwind die Hitze aus dem Auto pustete. Ben fuhr zügig in Richtung La Font. An der Kreuzung bog er dann aber in die andere Richtung ab. Wir fuhren jetzt um den Berg herum, auf dem sich Renates Haus befand. Nach kurzer Zeit bog Ben dann in eine kleine Seitenstraße ab, die sich serpentinenartig wieder den Berg hinaufschlängelte. Wir fuhren die Straße bis ganz nach oben. Unterwegs gab es eine kleine Ansammlung von Häusern, ein Restaurant und einen kleinen Supermarkt. Oben auf dem Berg sah man nur noch vereinzelt ein paar Fincas.

„Hier oben sind wir ja am Ende der Welt!" sagte ich und schaute zu Ben hinüber. Der fuhr jetzt auf einen kleinen Feldweg. Plötzlich standen wir vor einem wunderschönen Haus mit einem phantastischen Weitblick über die gesamte Küste.

„Das habe ich ja hier überhaupt nicht erwartet!" sagte ich überrascht.

Ben lächelte und parkte das Auto im Schatten.

Er stieg aus und kam um das Auto herum, um mir wieder die Tür zu öffnen.

Er nahm meine Hand und half mir aus dem Auto.

„Was für ein Kavalier!" dachte ich und wurde nervös bei seiner Berührung. Was machte denn dieser Mann mit mir?

Ben zog mich in Richtung des Hauses.

„Willst Du da einfach reingehen?" fragte ich, als er die Klinke des Gartentores herunterdrückte.

Er grinste und griff in seine Hosentasche. Er holte einen Schlüssel heraus und hielt ihn mir vor die Nase.

„Willkommen im Casa Mirador!"

Ich schaute etwas verwirrt. Ben lachte mich an.

„Du schaust aus wie ein hypnotisiertes Kaninchen! Es ist alles in Ordnung. Ich habe den Schlüssel von der Maklerin. Wir waren schon einmal hier. Ich soll mich heute entscheiden, ob ich das Haus kaufe. Es gibt noch einen anderen Interessenten!"

„Du willst das hier kaufen? Gefällt es Dir bei Renate nicht mehr?" fragte ich.

„Es ist wunderschön bei Renate. Aber ich wollte schon immer ein Haus in Spanien kaufen. Schon zu der Zeit, als meine Frau noch lebte. Nach ihrem Tod war ich lange Zeit nicht in der Lage, darüber nachzudenken. Es hingen zu viele Erinnerungen daran. Aber jetzt bin ich bereit für einen Neuanfang. Und dieser Hauskauf soll der Start dazu sein."

Ich nickte und wunderte mich, dass Ben so offen mit mir darüber sprach. Eigentlich war ich doch eine Fremde für ihn.

Wir gingen durch den leicht verwilderten Garten zum Eingang des Hauses. Es war zum Teil in den Berg gebaut. Es hatte etwas von einem Turm. Man thronte über der Landschaft.

Als wir in das riesige Wohnzimmer, mit der großen Fensterfront über die gesamte Hausseite kamen, blieb mein Mund offen stehen.

„Das hier ist ja ein Traum. Diese Aussicht ist der Hammer!" sagte ich begeistert.

„An ganz klaren Tagen kann man bis Valencia schauen", Ben stand jetzt ganz dicht hinter mir. Ich spürte ein Kribbeln im ganzen Körper. Ich hatte auf einmal das Bedürfnis mich umzudrehen und ihn zu küssen.

Aber Ben war schon in Richtung Küche gegangen. Ich folgte ihm und sah, dass er eine Flasche Sekt aus dem Kühlschrank, der rustikal eingerichteten Küche nahm.

„Was sagst Du zu dem Haus? Soll ich es kaufen?" fragte er jetzt und sah zu mir herüber.

„Ich kann Dir leider die Entscheidung nicht abnehmen. Das hier ist bestimmt nicht billig und ich habe überhaupt keine Ahnung von Immobilien", antwortete ich unsicher.

„Ich bin doch ein erfolgreicher Autor und brauche mir um Geld keine Sorgen zu machen!" Ben lachte und zwinkerte mir zu. „Was sagt denn Dein Bauchgefühl!"

„Kauf es, bevor es weg ist!" sagte ich spontan und musste selber lachen.

„Na dann haben wir ja jetzt einen Grund die Flasche zu öffnen!" sagte Ben und stellte zwei Gläser auf die Küchentheke. Er entkorkte die Flasche und goss uns ein.

„Du warst Dir doch schon sicher mit dem Haus! Sonst hättest Du doch hier nicht schon alles vorbereitet!" sagte ich und ging auf ihn zu.

Ben schmunzelte und gab mir ein Glas.

„Cleveres Mädchen! Ich brauchte nur noch einmal eine Bestätigung von Jemanden. Und ich glaube, Du hast ein gutes Gespür für schöne Dinge!"

Er nahm sein Glas und öffnete die Balkontür. Wir setzten uns draußen auf eine Gartencouch. Ich war immer noch fasziniert von der Aussicht und trank langsam den Sekt. Konnte man schöner wohnen?

Ben schien meine Gedanken geraten zu haben.

„Das einzige, was fehlt, ist ein Pool. Aber der Garten ist groß genug. Ich werde die Maklerin nach einer Firma fragen. Sie soll das dann beauftragen."

Ich stellte mein Glas auf einen kleinen Tisch. Ich stand auf und ging an das Balkongeländer und schaute in die Tiefe. In der Ferne waren ein paar andere Häuser zu sehen. Das Meer glitzerte in den verschiedensten Blautönen. Am Horizont konnte man ein Passagierschiff erkennen, das in Richtung Valencia unterwegs war. Ich drehte mich zu Ben um und sah, dass er ebenfalls aufgestanden war. Er kam zu mir und schaute mir tief in die Augen. Und dann tat er das, was ich eben schon tun wollte. Er nahm mich in den Arm und küsste mich leidenschaftlich.

Als er mich wieder los ließ, zitterten meine Beine. So etwas hatte ich noch nie gefühlt. Bei Frank hatte ich nie diese Leidenschaft empfunden. Ich legte meinen Kopf an Bens Brust und genoss seine Nähe. Ben streichelte über meine Haare. Seine Berührung bereitete mir eine Gänsehaut.

In diesem Moment klingelte mein Handy und zerstörte diese Atmosphäre zwischen uns. Ich schaute auf das Display, weil ich vermutete, dass es ein Problem im Geschäft geben könnte.

Ich traute meinen Augen nicht. Es war Franks Nummer, die angezeigt wurde. Ich wurde blass. Was wollte der denn? Ich ließ es einfach weiter klingeln. Ich hatte keine Lust mit ihm zu sprechen.

„Gehst Du nicht dran?" fragte Ben. „Was ist denn los? Du siehst so erschrocken aus. Ist es etwas Unangenehmes?"

Ich schüttelte den Kopf und steckte das Handy wieder ein. Ich wollte nicht weiter darüber nachdenken, was Frank von mir wollte.

Wir tranken unseren Sekt aus und brachten die Gläser wieder in die Küche. Ich spülte sie aus und stellte sie zum Trocknen auf ein Küchenhandtuch. Ben lächelte und fragte: „Möchtest Du noch den Rest des Hauses sehen? Ich muss in einer Stunde bei der Maklerin sein. Ich muss ihr den Schlüssel zurückbringen und ihr meine Entscheidung mitteilen!"

Wir schauten uns noch die anderen Zimmer an. Das Schlafzimmer hatte einen ausgefallenen halbrunden Schnitt. Die beiden Badezimmer waren groß und hell gefliest und es gab noch zwei Gästezimmer. Im unteren Bereich waren noch eine Waschküche und ein Abstellraum. Der Garten war einmal mit viel Liebe angelegt worden. Jetzt war er etwas verwildert, was aber auch seinen Charme hatte. Ben zeigte mir die Stelle, wo einmal der Pool hinkommen sollte. Es gab viele blühende Oleanderbüsche und ein paar Palmen spendeten Schatten. Ich atmete tief den Duft ein und war in diesem Moment unheimlich glücklich.

Ben stellte sich hinter mich und legte seine Arme um meine Taille.

„Ich bin Renate sehr dankbar, dass sie Dich nach Spanien geschickt hat.

Ich glaube, ich habe mich gleich in Dich verliebt, als Du mit rotem Kopf am Pool aufgetaucht bist. Du konntest ja nicht mit einem nackten Mann rechnen!" sagte Ben und lachte.

Ich drehte mich zu ihm um und küsste ihn zärtlich.

„Der Anblick war aber sehr schön! Und ich hatte keinen roten Kopf!" sagte ich und musste auch lachen.

„Oh doch! Und das war total süß! Du bist so natürlich und doch so sexy!" flüsterte Ben mir ins Ohr. „Wir müssen jetzt aber leider wieder los. Sonst komme ich zu spät zu dem Termin!"

Ben schloss das Haus ab und brachte mich zurück zu Renates Haus. Dann fuhr er zu dem Maklerbüro. Ich wollte nicht mitfahren. Er hatte mich gefragt, aber ich fand, dass wäre noch nicht angebracht.

Ich fuhr dann mit meinem Mietwagen noch einmal in die Stadt, um etwas einzukaufen. Ich wollte für den Abend etwas kochen. Als ich aus dem Auto aussteigen wollte, klingelte wieder mein Handy. Diesmal war es Alejandro. Er bedankte sich nochmal für den schönen Tag und fragte mich, ob ich am nächsten Tag zum Geburtstag seines Bruders kommen wollte. Es gab ein großes Fest. Ich versprach es mir zu überlegen. Ich wollte ihn dann zurück rufen.

Ich ging in einen kleinen Supermarkt und kaufte Gemüse und Scampi. Dazu besorgte ich noch eine Flasche Wein. Ich kaufte auch Brot und einen leckeren Käse. Die Verkäuferin hatte mich probieren lassen. Ich konnte nicht widerstehen.

Wieder im Haus angekommen, bereitete ich das Essen vor. Ich machte eine Gemüsepfanne aus Auberginen, Zucchini und Paprika. Dazu gab es noch leckere eingelegte Oliven. Die Scampi wollte ich dann braten, wenn Ben wieder zurück war.

Eine Stunde später hörte ich das Auto vorfahren. Ich ging um das Haus und konnte es kaum abwarten, dass Ben mir erzählte, wie es gelaufen war.

Ben stieg aus und kam strahlend auf mich zu. Er wirbelte mich herum und küsste mich leidenschaftlich. Als wir wieder zu Atem gekommen waren, sagte er: „In den nächsten Wochen habe ich einen Notartermin. Dann gehört das Haus mir!"

„Ich freue mich so für Dich!" sagte ich. „Hast Du eigentlich Hunger? Ich habe uns etwas gekocht!"

„Ich war den ganzen Tag so angespannt, dass ich gar keinen Hunger hatte. Jetzt knurrt mir allerdings der Magen", antwortete er.

Ich ging in meine Wohnung und Ben folgte mir. Ich bereitete die Scampi zu und wärmte die Gemüsepfanne noch einmal kurz auf. Ich schnitt Brot und gab es in ein Körbchen.

Das drückte ich, zusammen mit der Flasche Wein, Ben in die Hand und schickte ihn auf die Terrasse, wo ich schon den Tisch gedeckt hatte. Ich verteilte das Gemüse und die Scampi auf zwei Teller und ging dann auch nach draußen.

Wir ließen es uns schmecken. Ich hatte das Gefühl, dass ich Ben schon ewig kennen würde. Trotzdem war da dieses Kribbeln. In seiner Nähe fühlte ich mich einfach wohl. Nach dem Essen saßen wir noch lange draußen und tranken den Wein.

Ben erzählte mir von seiner Frau Marie. Ich konnte seine Liebe zu ihr immer noch spüren. Ich war fast ein bisschen eifersüchtig. Im gleichen Moment schämte ich mich aber für dieses Gefühl.

„Warum hast Du Dich denn von Deinem Freund getrennt?" wollte Ben später wissen.

„Er hat mich betrogen! Und das auch noch mit meiner vermeintlich besten Freundin! Es ging schon viele Monate und ich habe nichts gemerkt!"

„Der Kerl ist ein Idiot!" sagte Ben. Ich musste lächeln. Er sprach das aus, was ich dachte.

„Ich habe meine Selbständigkeit unterschätzt!" sagte ich. „Und ich habe unsere Beziehung vernachlässigt. Ich habe auch Schuld daran!"

„Dann hätte er darüber reden müssen und nicht mit Deiner besten Freundin ins Bett gehen!" Ben schüttelte den Kopf.

„Ich weiß noch gar nicht, was Du beruflich machst. Wir haben noch nicht darüber gesprochen!" sagte Ben.

Ich erzählte ihm von meinem Geschäft und wie ich dazu gekommen war, mich selbständig zu machen.

„Das war ein großer Schritt! Man weiß ja nie, wie sich so etwas entwickelt. Es hätte auch schief gehen können!" antwortete ich ihm.

„Du kannst wirklich stolz auf Dich sein. Es erfordert Mut, seinen sicheren Beruf aufzugeben, ohne zu wissen, ob man mit dem Geschäft erfolgreich sein wird."

Eine Zeitlang hingen wir Beide unseren Gedanken nach. Die Sorgen und die Enttäuschung über meine Trennung von Frank verschwanden in einem Glücksgefühl. Ich musste lächeln.

Ich hatte gar nicht gemerkt, dass Ben aufgestanden war und jetzt vor mir stand. Er zog mich vom Stuhl hoch und nahm mich in den Arm.

„Was hast Du bloß mit mir gemacht? Ich bin so glücklich, wie seit Jahren nicht mehr!" Ben schaute mir tief in die Augen. „Als Du gestern mit diesem Alejandro unterwegs warst, war ich ganz furchtbar eifersüchtig."

Ich schaute ihn erstaunt an.

„Da ist doch gar nichts, obwohl er es versucht hat. Ich habe ihm deutlich gemacht, dass ich ihn mag. Aber mehr nicht!"

Ben atmete erleichtert auf.

„Ich bin übrigens morgen bei seiner Familie zum Geburtstag seines Bruders eingeladen. Ich wollte ihm noch Bescheid sagen, ob ich komme."

„Willst Du dort hin?" fragte Ben.

„Wenn Du mitkommst!" sagte ich und schaute ihn fragend an. „Ich frage Alejandro, ob das in Ordnung ist. Ich werde ja sehen, wie er reagiert!"

Ben nickte. Ich ging in die Wohnung um mein Handy zu holen. Auf dem Display sah ich, dass Frank wieder versucht hatte mich zu erreichen. Ich löschte wütend den Text und rief Alejandro an.

„Hola Andrea, wie geht es Dir?" wollte er gleich wissen, als er abhob.

„Danke, sehr gut und Dir?" fragte ich.

„Mir geht es super. Noch besser würde es mir gehen, wenn Du morgen zu dem Geburtstag kommst."

„Eigentlich sehr gern. Ich würde aber gern Ben, meinen Mitbewohner hier aus dem Haus, mitbringen!" Ich wartete auf Alejandros Reaktion.

Es dauerte ein paar Sekunden, dann sagte er: „Natürlich kann er mitkommen.

Ich bin nur etwas erstaunt. Gestern hatte ich noch den Eindruck, ihr könnt Euch nicht besonders leiden!"

„Ich kann es selbst noch nicht glauben, aber ich bin verliebt. Ich könnte also verstehen, wenn Du mich wieder auslädst!"

„Kommt gar nicht in Frage. Ihr kommt Beide. Du hast zwar mein Herz gebrochen, aber damit muss ich jetzt leben!" Ich musste lächeln, denn ich hörte aus Alejandros Stimme heraus, dass es nicht so ernst gemeint war.

„Morgen Abend um neun Uhr findet die Feier in unserer Finca statt. Alles ganz locker. Es kommen viele Freunde und Nachbarn. Findest Du noch den Weg?" fragte er.

„Ich denke schon. Ich fahre wieder in Richtung Valencia. Dann Richtung Autobahn. Ich werde es schon finden!"

Wir verabschiedeten uns. Als ich das Handy wieder in meine Tasche steckte, merkte ich, dass Ben mich die ganze Zeit von der Terrassentür aus beobachtet hatte. Jetzt kam er auf mich zu und küsste mich leidenschaftlich und fordernd.

„Lass mir noch etwas Zeit!" sagte ich, als ich wieder zu Atem gekommen war. „Es geht mir alles zu schnell. Ich bin in der Liebe nicht so spontan und etwas aus der Übung!"

„Da sind wir schon Zwei!" antwortete Ben. „Ich will Dich auch nicht bedrängen. Gute Nacht Andrea! Ich gehe jetzt lieber nach oben in meine Wohnung!"

Als ich später im Bett lag, konnte ich nicht schlafen. Ich musste an die letzten Stunden denken und an den Mann, der jetzt über mir in seinem Bett lag und wahrscheinlich auch nicht einschlafen konnte. Ich war so aufgewühlt. Diese Gefühle hatte ich noch nie. Bei Frank und mir waren die Schmetterlinge schnell verflogen. In den letzten Jahren waren wir eher gute Freunde, als ein Liebespaar. Das war mir jetzt klar. Ich überlegte, was Frank von mir wohl gewollt hatte. Aber ich verdrängte den Gedanken ganz schnell. Ich schlief ein mit dem Wunsch, dass Ben genauso fühlte wie ich.

Als ich morgens erwachte, war ich aufgeregt und glücklich zugleich. Nach der Dusche zog ich mich an und kochte Kaffee. Ich öffnete die Terrassentür und ließ die kühle Morgenluft in die Wohnung. Ich schaute nach oben und hoffte, dass Ben auch schon wach war. Ich hörte, dass er an seinem Laptop schrieb und rief nach oben:

„Guten Morgen. Bist Du schon fleißig?"

Bens Kopf erschien über der Balkonbrüstung und er sagte zärtlich: „Hallo Sonnenschein, ich konnte nicht mehr schlafen. Dann arbeite ich am liebsten hier oben, wenn es noch kühl ist. Hast Du gut geschlafen?"

„Ich konnte erst nicht einschlafen. Ich musste an den gestrigen Tag denken und an Dich!" sagte ich ehrlich.

„Mir ging es genauso. Du warst dauernd in meinen Gedanken. Ich habe überlegt, ob ich nochmal zu Dir herunterkommen sollte. Aber dann habe ich mich nicht getraut." Er zwinkerte mir zu.

Ich musste lächeln und wusste nicht, wie ich reagiert hätte, wenn Ben gestern noch einmal vor meiner Tür gestanden hätte. Aber ich fand, es war noch zu früh, um miteinander zu schlafen. Ich war in dieser Beziehung immer etwas zurückhaltend. Ich hatte auch Heike nie verstanden, dass sie gleich mit den Männern ins Bett ging, die sie erst kurz kannte. Vor allem nicht, dass sie mit Frank schlief. Dem Freund der besten Freundin. Das nagte immer noch an mir.

„Möchtest Du zu mir auf die Terrasse kommen? Ich habe schon Kaffee gekocht!" fragte ich.

„Gib mir noch ein paar Minuten. Ich schreibe noch das Kapitel zu ende. Ich habe gerade so einen Lauf!" antwortete er und deutete einen Kuss an.

„Kein Problem, ich warte auf Dich!"

Ich ging zurück in die Wohnung und stellte die Kaffeekanne, Tassen und ein paar Leckereien aus dem Kühlschrank auf ein Tablett. Ich presste ein paar der Orangen aus und schüttete den Saft in eine Karaffe, die ich im Küchenschrank fand.

Ich hörte Schritte auf der Terrasse. Ben kam strahlend auf mich zu und nahm mich in den Arm.

Seine Nähe machte mich wie immer ganz kribbelig. Ich schmiegte mich an ihn.

„Du fühlst Dich wunderbar an!" flüsterte mir Ben ins Ohr. Ein Schauer lief über meinen Rücken.

„Du liegst auch gut in der Hand!" sagte ich und Ben lachte laut los.

„Das hat auch noch Niemand zu mir gesagt! Du bist ein verrücktes Huhn!" Er küsste mich auf die Nasenspitze.

Er nahm mir das Tablett ab. Ich trug die Karaffe mit dem Saft auf die Terrasse.

Noch lag die Sitzgruppe im Schatten. Heute hatte man das Gefühl, dass das Meer noch blauer war. Es war einfach unbeschreiblich schön dort zu sitzen und diese Aussicht zu genießen.

„Ich kann es kaum abwarten, bis ich in mein Haus ziehen kann. Das ist ein Traum, der endlich in Erfüllung geht", sagte Ben und schaute zu mir herüber.

Ich fühlte einen Stich in meiner Brust. Wenn ich wieder in Deutschland war, dann würden wir uns wahrscheinlich nicht mehr oft sehen. Ich konnte mein Geschäft nicht länger Simone und Renate überlassen.

Soweit hatte ich noch gar nicht gedacht. Ich wurde auf einmal sehr traurig.

„Was ist los mit Dir?" fragte Ben.

Ich schüttelte nur den Kopf und trank einen Schluck Kaffee. Ben und ich lebten doch in verschiedenen Welten. Eine Beziehung sollten wir erst gar nicht eingehen. Das bedeutete nur Liebe auf Distanz und das ging selten gut. Ich musste schlucken, damit mir nicht die Tränen kamen.

Mir fiel Simone ein. Auch sie hatte große Probleme damit, dass ihr Mann als Pilot ständig unterwegs war. Sie sah ihn manchmal tagelang nicht. Ich würde Ben wahrscheinlich wochenlang nicht sehen können.

„Wann wirst Du das nächste Mal in Deutschland sein?" fragte ich.

„Ich werde wahrscheinlich übernächsten Monat mit dem Roman fertig. Dann fliege ich nach Hamburg, um den Vertrag beim Verlag zu unterschreiben. Ich werde dann noch meine Mutter besuchen. Sie wohnt in Aachen. Ich könnte einen Umweg über Köln machen! Dort gibt es eine wunderschöne Frau, die ich unbedingt wiedersehen möchte."

Ben schaute zu mir herüber und lächelte mich an.

Ich wusste, dass er mich meinte. Trotzdem konnte ich mich nicht über sein Kompliment freuen.

Die Tatsache, dass ich ihn nur sporadisch sehen würde und dass wir eigentlich keine Chance für eine ernsthafte Beziehung hatten, machten mich sehr traurig.

Das Klingeln meines Handys riss mich aus meinen Gedanken. Ohne auf das Display zu schauen meldete ich mich: „Andrea Steiner!"

„Endlich erreiche ich Dich!" hörte ich Franks Stimme. Ich hätte fast das Handy fallen lassen.

„Was willst Du von mir?" fragte ich genervt.

„Andrea, ich habe einen großen Fehler gemacht. Ich hätte nie etwas mit Heike anfangen dürfen. Ich weiß erst jetzt, wie sehr ich Dich liebe", antwortete Frank mit zittriger Stimme.

„Es ist aber passiert und ich werde Dir das nie verzeihen!" sagte ich und legte einfach wieder auf.

Ben schaute mich fragend an.

„Das war Frank. Mein Ex Freund. Ich kann es gar nicht glauben, dass er sich getraut hat, noch einmal anzurufen." Ich war erstaunt und entrüstet.

„Will er Dich zurück?" Ben hatte den Nagel auf den Kopf getroffen. Ich nickte.

Es entstand eine unangenehme Stille zwischen uns.

„Ich kann ihn verstehen!" sagte Ben plötzlich. „Hat er noch eine Chance bei Dir?"

„Es gab eine Zeit, da habe ich nur auf seinen Anruf gewartet. Es hat mich sehr verletzt. Ich weiß nicht, ob ich ihm jemals wieder vertrauen könnte!"

„Das hat meine Frage nicht beantwortet!" sagte Ben und seufzte.

„Nein! Hat er nicht!" sagte ich jetzt bestimmt. In diesem Moment war ich sicher, dass ich Frank nie wieder sehen wollte.

„Dann ist das Thema ja erledigt!" Ben stand auf. Er zog mich vom Stuhl hoch in seine Arme.

„Dann brauche ich ja auch kein schlechtes Gewissen zu haben, wenn ich Dich jetzt küsse!" Er grinste.

Bens Berührungen und Küsse brachten mich immer wieder aus der Bahn. Ich vergaß alles um mich herum. Ich spürte wie seine Hände über meinen Rücken strichen und ich bekam eine Gänsehaut. Im gleichen Augenblick zuckte ich zusammen, als eine Stimme etwas auf Spanisch rief.

Ich löste mich aus Bens Armen und sah eine junge attraktive Frau, die jetzt strahlend auf Ben zukam.

Ben begrüßte sie und küsste sie auf beide Wangen. Er schien sehr vertraut mir ihr zu sein. Ich war verwirrt. Die Beiden unterhielten sich angeregt und beachteten mich gar nicht. Ich räumte den Tisch ab und ging verärgert in die Wohnung.

Was sollte das denn? Ben hätte mir die Frau wenigstens vorstellen können.

Nach einer Weile ging ich erneut auf die Terrasse. Ich war allein. Weder von Ben, noch von der Frau war etwas zu sehen. Ich wusste nicht, was ich davon halten sollte. Ich zog meinen Bikini an und ging mit einem Handtuch an den Pool. Ich fand Bens Verhalten unmöglich. Mich so zu ignorieren und einfach stehen zu lassen war sehr unhöflich.

Ich schwamm ein paar Bahnen und setzte mich dann an den Beckenrand. Ich hörte, dass mein Handy klingelte. Es lag auf dem Tisch auf der Terrasse. Ich lief zurück zur Terrasse und schaffte es gerade noch das Gespräch anzunehmen, bevor der Teilnehmer wieder auflegte. Es war Alejandro.

„Hola Andrea, ich wollte nur fragen, ob ich Euch heute Abend abholen soll. Dann könntet ihr Beide etwas trinken."

Das war eine gute Idee.

„Danke Alejandro. Das ist sehr nett. Zurück fahren wir dann aber mit einem Taxi."

Wir verabredeten, dass er so gegen halb neun zu uns kommen sollte und verabschiedeten uns wieder.

Ich schaute nach oben zu Bens Balkon und rief seinen Namen. Es kam keine Antwort.

Ich ging um das Haus herum und sah, dass nur mein Auto auf dem Parkplatz stand. Also waren Ben und die Frau weggefahren. Ich schüttelte wütend und enttäuscht den Kopf und ging zurück in meine Wohnung.

Ich zog den noch feuchten Bikini aus und schlüpfte in eine Shorts und T-Shirt. Da ich Getränke und etwas Obst kaufen wollte, entschied ich mich nach La Font zu fahren. Ich wollte dort auch ein kleines Geschenk für Alejandros Bruder kaufen.

Im Ort parkte ich in einer Seitenstraße und ging in Richtung Einkaufsstraße. Hier gab es ein paar Lebensmittelgeschäfte, eine Bäckerei und einige Läden mit Kleidung und Dingen des täglichen Gebrauchs.

Im Supermarkt kaufte ich Wasser, Kaffee und etwas Obst. Die Einkäufe brachte ich wieder zum Auto. Ich wollte noch einen Kaffee trinken gehen.

Ich kam auf dem Weg zu dem Café in der Ortsmitte an einer Bodega vorbei. Dort kaufte ich eine teure Flasche Rotwein. Die wollte ich Alejandros Bruder schenken. In der Schaufensterauslage einer kleinen Boutique sah ich ein wunderschönes luftiges Sommerkleid. Ich ging hinein und fragte die Verkäuferin, ob ich das Kleid anprobieren könnte. Sie konnte kein Englisch, aber mit Händen und Füßen erklärte ich ihr, was ich wollte. Sie lächelte und ging an einen Kleiderständer. Sie nahm ein Kleid und reichte es mir.

Ich hielt es hoch und freute mich, dass sie auf Anhieb die richtige Größe gefunden hatte. In der Umkleidekabine war es heiß und stickig. Ich zog meine Sachen aus und streifte das Kleid über. Es passte perfekt. Es hatte ganz schmale Träger und einen kleinen Gürtel in der Taille. Auf dem hellblauen Stoff waren kleine Sterne gedruckt. Ich war schon ziemlich braun geworden und fand, dass mir das Kleid sehr gut stand. Ich zog den Vorgang zur Seite und stellte mich im Verkaufsraum vor den Spiegel. Die Verkäuferin strahlte und sagte „Muy bien". Sie zeigte mit dem Daumen nach oben.

Ich freute mich, dass ich so ein schönes Kleid gefunden hatte. Ich wollte es am Abend zu der Feier tragen. Als ich um die Ecke bog, blieb ich erstaunt stehen. An einem der Tische des Cafés, zu dem ich gerade wollte, saßen Ben und die mir unbekannte Frau. Die Frau lachte und himmelte Ben an. Ich hatte auf einmal keine Lust mehr auf einen Kaffee. Ich wollte mich auch nicht einfach zu ihnen setzen. Ich drehte mich um, bevor die Beiden mich entdecken konnten und ging zurück zu meinem Auto.

Ich war deprimiert. Wieder zuhause angekommen, machte ich mir einen Obstsalat und setzte mich auf die Terrasse. Ich nahm mein Handy und wollte kurz in meinem Geschäft anrufen. Als ich auf das Display schaute, sah ich, dass ich mehrere Nachrichten bekommen hatte. Alle von Frank.

Ich wollte sie ungelesen löschen, aber meine Neugierde siegte. Ich wollte wissen, was er von mir wollte.

„Andrea, gebe mir doch bitte eine Chance. Ich möchte, dass alles wieder gut wird. Ich weiß, dass ich Dich sehr enttäuscht habe, aber ich habe jetzt erkannt, dass wir zusammen gehören. Ich liebe Dich!" hatte er geschrieben.

Ich seufzte und lehnte mich im Liegestuhl zurück. Ich erinnerte mich an die Zeit unseres Kennenlernens. Frank war damals mit seinen Eltern in unsere Stadt gezogen und kam in meine Klasse. Ich fand ihn von Anfang an sehr nett und schwärmte für ihn. Auf einer Klassenfahrt kamen wir uns dann näher. Frank war der erste Mann in meinem Leben. Ich war damals sehr verliebt. Ich wollte mit ihm für immer zusammen bleiben. Durch seinen Dienst und die Überstunden bei der Polizei, hatten wir schon immer wenig Zeit füreinander. Meine Selbstständigkeit hatte unserer Beziehung dann noch mehr geschadet.

Ich hörte wie ein Auto vor dem Haus vorfuhr.

Zwei Minuten später kam Ben gut gelaunt um die Ecke. Als er mich sah, winkte er und kam auf die Terrasse.

„Hallo Andrea. Alles okay bei Dir?" fragte er. Ich war immer noch verärgert über sein Verhalten und sagte nur: „Geht so!"

Ben ging überhaupt nicht darauf ein und streichelte über meine Haare.

„Sollen wir schwimmen gehen. Es ist wieder unerträglich heiß. Im Auto war es wie im Backofen!" sagte er.

„Ich weiß, ich war eben auch mit dem Auto unterwegs", antwortete ich und schaute in Richtung Meer.

„Bist Du wegen irgendetwas sauer auf mich?" fragte Ben und machte ein unschuldiges Gesicht.

„Ich fand es unmöglich wie Du Dich heute Morgen verhalten hast. Du hättest mich der Frau vorstellen können. Ich stand neben Euch, als wäre ich Luft. Das war sehr unhöflich!" antwortete ich.

„Das stimmt. Darüber habe ich überhaupt nicht nachgedacht. Aber ich war so froh, dass Marisa kam und mir mitgeteilt hat, dass ich Anfang nächsten Monats einen Termin beim Notar habe. Dann gehört das Haus endlich mir. Marisa ist die Maklerin!"

„Schön, das zu erfahren. Ich kann kein Spanisch und fand die Situation einfach nur unerfreulich!"

Ben machte ein schuldbewusstes Gesicht und sagte leise: „Entschuldige Andrea. Kann ich es wieder gut machen?"

Ich musste lächeln und drehte mich auf den Bauch.

„Du kannst mir den Rücken eincremen, damit ich keinen Sonnenbrand bekomme!" antwortete ich und deutete auf die Sonnencreme.

„Sehr gerne!" sagte Ben und setzte sich zu mir auf den Rand der Liege. Er schraubte den Deckel von der Flasche und begann mich einzucremen. Das war ein sehr erotischer Augenblick. Seine Hände massierten meinen Nacken und ich genoss seine Berührungen. Ich hatte schnell vergessen, dass ich eigentlich beleidigt war. Ben hätte ewig so weiter machen können.

„Bist Du noch böse auf mich?" fragte er jetzt. Ich brummte: „Wenn Du noch fünf Minuten weiter machst vergebe ich Dir!"

„Kleines Bist!" antwortete Ben und ich hörte ihn lachen.

Als ich mich später wieder umdrehte schaute mir Ben tief in die Augen. Er beugte sich zu mir hinunter und küsste mich zärtlich.

„Ich muss jetzt noch etwas arbeiten!" sagte er danach und stand auf. „Ich habe einen Abgabetermin für den Roman. Den muss ich einhalten."

Ich nickte und sagte: „Wir werden später von Alejandro abgeholt. Dann brauchen wir nicht selbst zu fahren und können etwas trinken!"

Ben nickte erfreut und ging zur Treppe. „Sehr schön!" sagte er und schon war er verschwunden.

Den Rest des Tages verbrachte ich damit im Pool zu schwimmen, zu sonnen und zu relaxen. Am späten Nachmittag rief ich dann Renate an. Ich war jetzt schon fast eine Woche in Spanien und wollte wissen ob es etwas Neues gab. Aber Renate erzählte mit, dass alles wunderbar klappte und sie im Geschäft, zusammen mit Simone keine Probleme hatte. Sie hatte meine Blumen gegossen und meine Post aus dem Briefkasten geholt.

„Eine Sache hätte ich fast vergessen!" sagte sie, als wir uns schon verabschieden wollten. „Frank war hier. Er wollte von mir wissen wo Du bist. Er hat auch Simone im Laden aufgesucht. Sie hat aber auch nicht verraten, dass Du in Spanien bist!"

Ich schluckte.

„Danke Renate, er hat auch versucht mich telefonisch zu erreichen. Er will mich wieder zurück. Anscheinend hat er sich von Heike getrennt", antwortete ich.

„Damit habe ich fast gerechnet!" sagte Renate. „Er merkt wahrscheinlich jetzt, was er für eine Dummheit gemacht hat. Wie denkst Du darüber?"

„Ich weiß es nicht! Ich muss Dir auch noch etwas verraten!" Ich überlegte kurz und redete dann weiter. „Ich habe mich verliebt! In Ben Förster!"

„Das ist ja eine wunderbare Nachricht!" Ich konnte förmlich hören, wie Renate sich freute.

„Ich bin im Moment einfach mit der Situation überfordert. Aber ich weiß, dass es eine Herausforderung sein wird. Ben hier in Spanien und ich in Deutschland. Es wird eine Liebe auf Distanz werden."

„Will Ben denn auf Dauer in Spanien bleiben?" fragte Renate.

Ich wusste nicht, ob es Ben Recht war, wenn ich Renate erzählte, dass er ein Haus in Spanien kaufen würde. Deshalb sagte ich nur: „Es sieht so aus."

Renate machte eine kurze Pause und antwortete dann: „Du wirst es Dir aber später nie verzeihen, wenn Du es nicht wenigstens versucht hättest!"

Da hatte sie Recht. Ich hoffte so fest, dass wir eine Chance hatten.

Nachdem wir uns verabschiedet hatten, ging ich in die Wohnung, um zu duschen. Danach hatte ich plötzlich Hunger. Ich aß ein paar Oliven und etwas Käse, dann schminkte ich mich und frisierte meine Haare zu einem ausgefallenen Zopf. Das hatte mir einmal Heike beigebracht.

Der Gedanke an sie machte mich traurig. Ein Blick in den Spiegel ließ meine Laune aber gleich wieder besser werden. Ich sah gut aus. Die leichte Bräune stand mir. Ich zog das neue Kleid an und fühlte mich rundum zufrieden.

Ich hörte ein Klopfen an der Terrassentür. Ben stand im Eingang. Er sah umwerfend gut aus in seiner dünnen Leinenhose und dem sportlichen Hemd. Er schaute mich an und sagte: „Andrea, Du bist wunderschön. Das Kleid ist sehr sexy. Da werden die Männer heute Abend reihenweise Augen machen!" Er lächelte.

Ich wollte mich gerade für das Kompliment bedanken, da hörten wir das Hupen eines Autos. Ich schaute auf die Uhr und sagte: „Das wird Alejandro sein."

Ben nickte und nahm mich in den Arm. Dann küsste er mich leicht, nahm mich an der Hand und zog mich nach draußen.

Alejandro saß im Auto und winkte uns zu. Ben setzte sich auf den Rücksitz und ich nahm vorne Platz. Die Fahrt in Richtung der Orangenplantagen und zum Haus von Alejandros Familie dauerte nur zwanzig Minuten. Wir fuhren anscheinend eine Abkürzung, die ich noch nicht kannte.

Alejandro parkte sein Auto vor einer typisch spanischen Finca. Wir gingen durch ein Tor, in einen großen Innenhof.

Dort stand ein langer Tisch, der schön eingedeckt war. An einem großen Grill drehte schon ein älterer Mann ein Spanferkel. Es waren ein paar große alte Fässer als Stehtische aufgebaut worden. Hier standen schon ein paar Gäste und unterhielten sich angeregt.

„Hallo und herzlich willkommen!" sagte auf einmal eine Stimme hinter uns. Ich drehte mich um und sah in die blauen Augen einer sehr sympathischen Frau. Ich schätzte sie auf Mitte sechzig.

„Ich bin Brigitte Alvarez, Alejandros Mutter!" Sie nahm mich in den Arm und küsste mich auf die Wangen.

„Ich bin Andrea Steiner. Vielen Dank für die Einladung Frau Alvarez", antwortete ich.

„Sag bitte Brigitte. Wir duzen uns hier alle." Sie ging zu Ben und begrüßte ihn ebenfalls.

In diesem Moment kam ein junger Mann auf uns zu, der Alejandro sehr ähnlich war. Er stellte sich als Enrique vor. Er feierte heute seinen dreißigsten Geburtstag. Ich war froh, dass die Familie Alvarez deutsch sprach. Das machte es für mich leichter.

„Darf ich Euch auch meine Frau Catalina vorstellen." Enriques Frau war sehr hübsch und hochschwanger. Sie lächelte und umarmte uns abwechselnd. Leider sprach sie nur spanisch und so musste Alejandro dolmetschen.

Als letzter der Familie kam der älteste Bruder Javier mit einem Tablett mit Getränken zu uns. Nachdem wir uns alle vorgestellt hatten, gab er uns ein Glas Sekt zur Begrüßung und balancierte dann das Tablett weiter zu den nächsten Gästen, die jetzt nach und nach eintrafen.

Aus dem Augenwinkel sah ich, wie die junge Frau, die Ben heute Morgen am Haus begrüßt hatte, in den Hof kam. Ich hatte auf einmal schlechte Laune. Ich war eifersüchtig. Dieses Gefühl kannte ich bis jetzt noch gar nicht.

Sie kam auf uns zu und begrüßte erst einmal Ben wieder überschwänglich. Das versetzte mir den nächsten Stich. Dann schaute sie zu mir herüber und taxierte mich abfällig.

Ben nahm mich in den Arm und sagte etwas auf Spanisch. Dann sagte er: „Darf ich Dir Marisa Moreno vorstellen. Sie ist meine Maklerin."

Ich gab ihr förmlich die Hand und stellte mich ebenfalls vor. Sie entzog mir schnell die Hand und schaute gleich wieder zu Ben hinüber. Sie redete pausenlos auf ihn ein. Ben nickte ab und zu. Nach einer Weile sagte er etwas zu ihr. Marisa Moreno machte ein überraschtes Gesicht.

Ben nahm meine Hand und flüsterte mir ins Ohr: „Komm wir setzen uns an den Tisch. Ich hole uns dann etwas zu essen!"

Ich hatte großen Hunger und war froh, dass ich den bösen Blicken von Marisa Moreno entfliehen konnte. Brigitte Alvarez winkte uns zu sich und deutete auf die beiden Plätze ihr gegenüber.

„Ich bin froh, mal wieder etwas deutsch sprechen zu können. Erzähl mir doch bitte etwas aus der Heimat. Woher kommst Du Andrea?" fragte sie.

Ben nahm unsere Teller und ging in Richtung Grill und Buffet.

Alejandros Familie war wirklich sehr nett. Schon nach kurzer Zeit hatte ich das Gefühl, dass ich sie schon ewig kennen würde. Wir lachten viel und ließen es uns schmecken. Das Essen war hervorragend. Es gab typisch spanische Küche. Natürlich auch eine Paella, die in einer riesigen Pfanne von drei Männern zubereitet wurde. Es waren sicher mehr als hundert Personen anwesend. Viele standen an den Stehtischen und Weinfässern und es herrschte eine ausgelassene Stimmung. Junge Leute brachten immer wieder Getränke an die Tische.

Ich unterhielt mich abwechselnd mit Alejandro, seiner Mutter und Ben. An einem der Weinfässer in unserer Nähe stand Marisa Moreno und ließ Ben nicht aus den Augen. Sie war in Ben verliebt. Das merkte ich ganz deutlich. Und sie war eifersüchtig auf mich. Ständig warf sie mir böse Blicke zu. Das dämpfte meine gute Laune etwas. Ich versuchte sie zu ignorieren.

Plötzlich wurde es unruhig im Hof. Es ertönte Gitarrenmusik. Drei junge Männer kamen mit ihren Instrumenten an uns vorbei und gingen zu einer kleinen improvisierten Bühne. Einige der Gäste standen auf und gingen hinüber. Auch Alejandro griff nach meiner Hand und zog mich hoch.

„Kommt ihr Beiden. Jetzt geht die Fiesta richtig los!" Ben kam hinter uns her. Wir sicherten uns einen Platz, von dem aus wir die Bühne gut sehen konnten.

Die Musiker beherrschten ihre Gitarren. Sie spielten abwechselnd langsame melancholische Lieder oder schnelle spanische Stücke, von denen ich auch ein paar kannte. Ben stand hinter mir und hatte seine Arme um meine Hüften gelegt. Ich spürte seinen Körper und lehnte mich an ihn. Er küsste mich in den Nacken. Das war ein wundervolles Gefühl. Wir bewegten uns im Takt der Musik.

Ich merkte, wie Ben sich auf einmal umdrehte. Marisa Moreno hatte sich hinter ihn gestellt und zischte ihm etwas auf Spanisch ins Ohr. Dann warf sie mir einen letzten wütenden Blick zu und ging in Richtung Hoftor.

„Was war das denn?" sagte ich und schaute Ben fragend an.

„Ich muss Dir etwas sagen. Ich hatte letztes Jahr mit Marisa einen One Night Stand.

Sie hat sich mir an den Hals geworfen und ich bin schwach geworden. Ich habe es am nächsten Tag schon bereut."

Ich war wie vor den Kopf geschlagen.

„Das hättest Du mir sagen müssen. Ich habe gemerkt, dass sie eifersüchtig ist. Du hast mich in eine sehr unangenehme Situation gebracht. Sie hat zwischendurch geschaut, als ob sie mich umbringen wollte!"

„Das war noch nicht einmal eine Affäre. Es war nur eine Nacht. Sie hat immer wieder versucht mich zu verführen, aber sie ist nicht mein Typ und ich bin ihr aus dem Weg gegangen. Aber sie ist Maklerin in dem Büro, das mein Haus vermarktet. So habe ich sie wieder gesehen." Ben schaute schuldbewusst.

Ich wollte gerade etwas dazu sagen, als Alejandro mit einer Flasche Rotwein und Gläsern auf uns zukam. Er reichte uns die Gläser und füllte sie mit Wein.

„Salud!" sagte er und prostete uns zu. Als wir getrunken haben, nahm Alejandro mir das Glas wieder aus der Hand und gab es Ben. Er zog mich auf die kleine Tanzfläche vor der Bühne. Ich war so überrascht, dass ich mich gar nicht wehren konnte.

Die Musiker waren dazu übergegangen flotte Tanzmusik zu spielen. Ich ließ mich dort von der ausgelassenen Stimmung anstecken und legte mit Alejandro einen vollendeten Foxtrott auf das

Parkett. Ben schaute lächelnd zu uns hinüber. Er stellte unsere Gläser auf einem der Stehtische ab. Er kam jetzt auch auf die Tanzfläche und flüsterte Alejandro etwas ins Ohr. Der grinste, ging von der Tanzfläche und holte dann eine andere junge Frau, um mit ihr weiter zu tanzen.

Ben nahm mich in den Arm. Wir tanzten gemeinsam noch eine ganze Weile ausgelassen. Irgendwann war ich aus der Puste und sagte: „Ich muss jetzt mal etwas trinken. Mir ist heiß!"

„Und mir erst!" sagte Ben und zwinkerte mir zu.

Ben holte eine Flasche Wasser. Später tranken wir dann unseren Wein und ich entspannte jetzt erst richtig. Jetzt, wo Marisa Moreno gegangen war, fühlte ich mich endlich wieder wohl. Enrique kam an unseren Tisch und fragte, ob uns die Feier gefallen würde.

„Es ist eines der schönsten Feste, auf dem ich jemals war!" sagte Ben und schaute zu mir.

„Da kann ich mich nur anschließen!" sagte ich und küsste Enrique auf die Wange. „Vielen Dank!"

Er grinste und sagte: „Hoffentlich hat das Catalina nicht gesehen! Sie ist sehr eifersüchtig!"

„Wann kommt denn Euer Baby?" wollte ich wissen.

„Es dauert nicht mehr lange. In vier Wochen ist es soweit. Wie freuen uns sehr!" antwortete Enrique.

„Da bin ich leider schon wieder in Deutschland. Vielleicht kann Alejandro mir eine Nachricht schreiben. Ich bin sehr gespannt, was es wird!" sagte ich.

In diesem Moment wurde mir klar, dass ich in ein paar Tagen wieder zurück nach Deutschland fliegen würde. Ich wollte aber heute nicht darüber nachdenken. Ich wollte den Abend genießen.

Weit nach Mitternacht fragte Ben mich dann: „Soll ich uns ein Taxi rufen? Oder möchtest Du noch etwas bleiben?"

Ich war müde von der Hitze, dem Wein und von der Tatsache, dass wir viel getanzt hatten.

„Gute Idee. Ich verabschiede mich dann schon einmal von unseren Gastgebern!"

Brigitte Alvarez drückte mich fest und Alejandro küsste mich auf den Mund. Seine Mutter drohte ihm lachend mit dem Finger! Ich verabschiedete mich noch von Enrique. Seine Frau war schon ins Bett gegangen. Ihr war es zu anstrengend geworden.

Ben hatte das Taxi bestellt und sagte jetzt auch auf Wiedersehen. Wir bedankten uns noch einmal ganz herzlich bei allen.

Als wir durch das Tor auf die Straße traten, sahen wir schon ein Auto den schmalen Weg zwischen den Orangenhainen auf das Haus zufahren.

Ben sagte etwas zu dem Taxifahrer. Ich merkte jetzt erst wie müde ich war. Auf dem Rücksitz fielen mir immer wieder kurz die Augen zu. Ich war deshalb überrascht, als wir auf einmal vor Renates Haus standen. Ben zahlte beim Fahrer und öffnete mir dann die Tür. Wir gingen durch den Garten zu meiner Terrasse.

„Möchtest Du noch ein Glas Wein? Ich kann jetzt noch nicht schlafen!" Ben schaute mich fragend an.

„Okay, ein Glas trinke ich noch. Es ist jetzt auch so schön kühl hier draußen", antwortete ich.

Ben stieg die Stufen zu seiner Wohnung nach oben und war kurze Zeit später wieder mit einer Flasche Rotwein zurück. Ich holte zwei Gläser aus der Küche.

„Lass uns die Füße noch einmal in den Pool stecken!" Ben zog mich hoch und wir gingen beide, mit dem Glas in der Hand, durch den Garten. Wir setzten uns nebeneinander auf den Beckenrand und ließen die Beine in dem kühlen Wasser baumeln. Wir prosteten uns zu.

„Das war ein wunderschöner Abend. Danke, dass ich mitkommen durfte."

„Es war schön, dass Du mich begleitet hast. Es war wirklich sehr schön. Ich war aber auch traurig, weil ich selber keine Familie habe. Solche Feste erinnern mich immer daran."

Ben nickte. Ich war sicher, dass er an Marie dachte. Sie hatten Beide bestimmt darüber nachgedacht eine Familie zu gründen. Dann war es aber alles ganz anders gekommen.

Wir schwiegen eine Weile. Ich trank von dem Rotwein. Er war köstlich.

„Andrea, bist Du glücklich?" fragte Ben leise.

Ich überlegte kurz und sagte dann: „So glücklich wie lange nicht mehr. Hier nach Spanien zu kommen, war das Beste, was ich tun konnte!"

Ich schaute zu Ben hinüber. Der stand jetzt auf und zog seine Kleidung aus. Dann sprang er nackt kopfüber in den Pool. Als er wieder auftauchte grinste er und sagte: „Zieh Dich aus. Es ist herrlich im Wasser. Wir haben uns doch Beide schon nackt gesehen. Also komm rein!"

Er hatte Recht! Ich zog mir das Kleid über den Kopf, schlüpfte aus Slip und BH und sprang ebenfalls ins Wasser.

Ben schwamm zu mir und umarmte mich. Er küsste mich leidenschaftlich und flüsterte mir ins Ohr: „Ich möchte mit Dir schlafen. Das will ich schon, seit dem ich Dich das erste Mal gesehen habe. Ich bin verrückt nach Dir!"

Ich nickte nur. Ben schwamm an den Beckenrand und kletterte aus dem Pool. Ich folgte ihm. Als ich neben ihm stand, hob er mich auf seine Arme und trug mich zum Haus. In meiner Wohnung schafften wir es kaum noch bis ins Schlafzimmer. Bens Berührungen ließen mich alles vergessen. Wir liebten uns die ganze Nacht. Es war unbeschreiblich leidenschaftlich. Ich wollte, dass es niemals aufhört.

Am nächsten Tag wachte ich erst sehr spät auf. Als ich mich im Bett umdrehte, war ich allein. Ben war nicht zu sehen. Ich rief seinen Namen, aber er antwortete nicht.

Ich ging unter die Dusche und kochte mir einen Kaffee. Mit dem Becher ging ich auf die Terrasse und schaute nach oben. In Bens Wohnung war alles ruhig. Ich ging um das Haus herum. Auch sein Auto war nicht zu sehen.

Ich ging wieder zurück auf die Terrasse und legte mich auf die Liege. Ich musste die ganze Zeit an die letzte Nacht denken. Es war wunderschön mit Ben. Ich hätte mir nie vorstellen können, dass ich mich so fallen lassen könnte. Ich seufzte leise.

„Hast Du es so schwer?" fragte Ben, der gerade um die Ecke des Hauses kam. Ich hatte sein Auto gar nicht gehört, weil ich so in Gedanken war.

Er beugte sich zu mir hinunter. Wir küssten uns lange.

„Ich habe gerade an unsere letzte Nacht gedacht. Der Seufzer bedeutete eher Wohlbehangen!" sagte ich und lächelte.

Ben schwenkte eine Brötchentüte vor meiner Nase. Er war beim Bäcker in La Font gewesen und hatte Baguette und Croissant geholt.

Ich ging in die Küche und holte einen Kaffeebecher für Ben. Er hatte in der Zwischenzeit Butter, Marmelade und Käse auf den Terrassentisch gestellt.

„Wie lange bleibst Du eigentlich in Spanien?" fragte Ben plötzlich. Ich wurde auf einen Schlag sehr traurig.

„Ich fliege am Mittwoch. Ich bin nur noch zwei Tage hier", antwortete ich leise.

„Oh, ich hatte gehofft Du bist noch hier, wenn ich den Notartermin habe. Ich hätte Dich gern dabei gehabt, wenn ich den Kaufvertrag des Hauses unterschreibe." Ben schaute mich fragend an.

„Das wird nicht möglich sein. Ich muss zurück nach Deutschland. Ich kann meine Angestellte und Renate nicht so lange allein mit dem Laden lassen!"

Ben nickte leicht.

„Wir werden uns länger nicht sehen können!" sagte ich jetzt und schaute aufs Meer. Mir kamen die Tränen.

„Ich werde frühestens in zwei Monaten nach Deutschland kommen. Ich hatte Dir ja gesagt, dass ich dann einen Termin mit meinem Verlag habe. Meinst Du wir haben eine Chance?" fragte Ben.

Ich überlegte eine Weile, weil mir keine Antwort einfiel. Die Entfernung war sehr groß, wir würden keinen gemeinsamen Alltag haben. Keiner würde wissen, was der Andere gerade macht. Es würde sehr schwierig werden.

Das sagte ich jetzt auch zu Ben. Er schaute mich lange an und sagte dann: „Wir könnten es schaffen. Ich vertraue Dir und weiß, dass wir einen Weg finden können!"

„Siehst Du keine Möglichkeit wieder dauerhaft nach Deutschland zu kommen?" wollte ich wissen.

Ben schüttelte den Kopf. „Nach Maries Tod habe ich der Heimat den Rücken gekehrt. Ich habe unsere gemeinsame Wohnung verkauft. Wenn ich in Deutschland bin, wohne ich im Hotel oder bei meiner Mutter. Aber immer nur ein paar Wochen. Dann zieht es mich wieder nach Spanien!"

Das hatte ich befürchtet. Wir würden sicher am Anfang viel telefonieren oder Nachrichten schreiben, aber so sah für mich keine dauerhafte Beziehung aus. Ich wollte mein Leben mit Jemanden teilen. Ich brauchte auch die körperliche Nähe. Das würde so nicht möglich sein.

Ich hatte einen Kloß im Hals als ich sagte:

„Es waren hier die schönsten Tage meines Lebens! Ich war noch nie so glücklich wie im Moment. Aber ich glaube nicht, dass eine Fernbeziehung funktionieren wird."

Ben schaute traurig in die Ferne.

„Ich möchte Dich aber nicht verlieren. Sollen wir es nicht wenigstens versuchen?"

„Lass uns jetzt nicht darüber sprechen. Ich möchte die letzten Tage mit Dir hier in Spanien noch genießen. Dann werden wir weiter sehen!" antwortete ich.

Nach dem verspäteten Frühstück fuhren Ben und ich an den Strand. Heute war es nicht ganz so heiß.

Wir wollten einen Spaziergang am Meer machen.

Wir fuhren zu einer Stelle, etwas weiter von der nächsten Ortschaft entfernt. Hier waren wir ganz allein. In der Ferne konnte man den kleinen Jachthafen von Gandia erkennen.

Wir gingen Hand in Hand am Wasser entlang. Immer wieder blieben wir stehen und küssten uns.

„Ich möchte auf der Stelle mit Dir schlafen!" flüsterte Ben mir ins Ohr.

Ich lachte. Genau das Gleiche hatte ich auch gerade gedacht.

„Darauf müssen wir leider noch etwas warten. Ich möchte nämlich nicht von der spanischen Polizei verhaftet werden, wenn wir uns hier am Strand lieben!"

Ben gab mir einen zärtlichen Klaps auf den Po und grinste. Er sah umwerfend aus in seiner Badeshorts. Einem Schriftsteller hätte ich so einen durchtrainierten Körper gar nicht zugetraut.

Wir gingen an einer Stelle, wo es etwas weniger Steine gab, ins Wasser und schwammen eine Weile. Es gab kaum Wellen und man konnte kleine Fische im kristallklaren Wasser davon huschen sehen. Ein kleiner Krebs grub ich schnell im Sand ein. Nach dem Bad trockneten wir uns ab und sonnten uns so lange, bis unsere Badesachen fast wieder trocken waren.

Ben kannte ein kleines Restaurant am Meer. Er zog sich ein T-Shirt und ich mein Strandkleid über. Dann schlenderten wir am Strand, etwa einen Kilometer weiter, bis wir den nächsten kleinen Ort erreicht hatten.

Hier gab es mehrere Cafés und Restaurants. Wir steuerten jetzt auf ein Lokal zu, das eine Terrasse direkt am Meer hatte. Wir setzten uns auf eine Bank unter einen großen Sonnenschirm. Das Publikum bestand fast ausschließlich aus Spaniern, die jetzt am späten Nachmittag, Tapas aßen oder einfach nur etwas tranken. Ben bestellte für uns einen alkoholfreien Cocktail und eine Platte mit verschiedenen Meeresfrüchten. Dazu gab es Aioli, die spanische Knoblauch Majonäse und Brot.

Ich merkte jetzt erst wie groß mein Hunger war. Nach dem Essen tranken wir noch einen Espresso. Wir saßen noch lange im Schatten und sagten nicht viel. Ich genoss es, mich an Bens Schulter zu lehnen und auf das Meer zu schauen.

„Ich könnte hier ewig so mit Dir sitzen!" flüsterte mir Ben ins Ohr.

Ich nickte nur und küsste ihn leicht auf die salzigen Lippen.

„Ich mag gar nicht an übermorgen denken. Dann heißt es für mich Abschied nehmen. Von Dir und von diesem wunderschönen Flecken Erde!" Ich seufzte laut.

„Dann lass uns einfach noch die verbleibende Zeit genießen. Soll ich bezahlen und wir gehen zurück zum Auto?" Ben grinste. Ich wusste genau was er wollte. So schnell wie möglich zurück zum Haus und in sein oder mein Bett. Ich nickte und zwinkerte ihm zu.

Nachdem Ben bezahlt hatte, schlenderten wir am Strand zurück. Unsere Handtücher lagen einsam an der Stelle, wo wir sie ausgebreitet hatten.

Wir fuhren eine andere Strecke zurück. Sie führte fast ausschließlich durch Orangenhaine. Manche sahen aus, als ob sie nicht mehr bewirtschaftet wurden. Es lagen unzählige Früchte auf der Erde. Auf manchen Plantagen wurden Zweige verbrannt. Man konnte den Rauch schon aus großer Ferne sehen. Es lag ein wunderbarer Duft aus verbranntem Holz und Orangen in der Luft. Ich schloss die Augen und atmete tief ein.

Kurz darauf fuhr Ben schon den Berg, in Richtung Renates Haus, hoch. Er parkte im Schatten und half mir aus dem Auto. Meine Haut spannte, weil wir nach dem Bad im Meer nicht duschen konnten. Das Salz hatte eine leichte Kruste auf meiner Haut hinterlassen.

„Ich muss unbedingt unter die Dusche!" sagte ich jetzt zu Ben und ging in Richtung meiner Wohnung.

„Ich auch! Sollen wir nicht Wasser sparen und gemeinsam duschen!" antwortete Ben. Er grinste breit über das ganze Gesicht.

„Du hast Recht. Wir sollten an die Umwelt denken!" Ich nahm seine Hand und zog ihn in die Wohnung. Wir zogen schnell unsere Sachen aus und konnten es kaum abwarten, uns unter den lauwarmen Wasserstrahl zu stellen. Unsere Körper pressten wir dicht aneinander. Es war erotisch und prickelnd. Wir seiften uns gegenseitig ein und liebten uns anschließend in der Dusche.

Am Abend gingen wir noch einmal gemeinsam den schmalen Pfad, den ich an meinem ersten Tag in

Spanien erkundet hatte, entlang. Ich hatte das Gefühl, dass ich Ben schon ewig kennen würde, so vertraut waren wir miteinander. Wir kletterten über den großen Felsbrocken und folgten dem Weg weiter bis zu einer Weggabelung. Dort gab es eine Wandertafel. Zur Ortschaft La Font war es von hier aus nur noch eine kurze Strecke bergab.

„Sollen wir im Ort noch einen Wein trinken? Es gibt dort einen wunderschönen Dorfplatz mit einem Brunnen." Ben schaute mich fragend an.

„Gern, wenn ich es dann noch wieder bergauf schaffe!" Ich musste bei dem Gedanken lachen, dass Ben mich den Weg zurück, vielleicht tragen oder schieben müsste.

„Wenn es zwei oder drei Glas Wein werden, dann nehmen wir uns einfach ein Taxi!" Ben küsste mich und nahm meine Hand. „Und jetzt keine Müdigkeit vortäuschen. Venga!"

Im Ort angekommen, gingen wir an einer kleinen alten Kirche vorbei. Die schmalen verwinkelten Gassen waren wunderschön. Es gab ein paar kleine Geschäfte und einen Supermarkt. Dort hatte ich auch schon einmal eingekauft. Wir gingen an dem Rathaus vorbei und standen plötzlich auf einem kleinen Platz. In der Mitte plätscherte es aus mehreren Quellen in einen großen Brunnen. Es war sehr idyllisch und absolut ruhig hier.

Es gab eine kleine Bodega mit ein paar Tischen, die zum Teil besetzt waren. Dort saßen ein paar junge Leute. Wir ließen uns an einem kleinen wackeligen Tisch nieder. Am Nebentisch nickte uns eine kräftige Spanierin freundlich zu. Sie trank einen Kaffee und aß Pistazien.

Ben ging in den Innenraum der Bodega und bestellte uns einen Rotwein, außerdem Oliven und Boquerones fritos. Das sind kleine frittierte Sardellen. Ich probierte vorsichtig, aber sie schmeckten lecker.

Ab und zu knatterte ein Moped vorbei, ansonsten war es ruhig und ich entspannte von Minute zu Minute. Ben nahm meine Hand und küsste meine Fingerspitzen. Ich wusste in diesem Moment, dass ich mich in Ben verliebt hatte. Ich wollte immer bei ihm sein.

Ben schaute mir in die Augen und ich wusste, dass es ihm auch so ging.

Der Landwein schmeckte herrlich nach Beeren und nach dem Fass, in dem er gereift war. Er war kräftig und ich hatte nach ein paar Schlucken schon das Gefühl, dass er mir in den Kopf stieg. Ich bekam Schluckauf. Ben lachte laut und auch die Tischnachbarin schaute zu uns hinüber und lächelte.

„Viel kannst Du ja nicht vertragen!" sagte Ben. Er holte ein Glas Wasser aus der Bodega.

„Trink mal schnell das Glas leer. Das hilft gegen Schluckauf!" meinte er und reichte mir das Glas.

Ich tat, wie er es mir geraten hatte. Es half tatsächlich. Als Ben mir aus der Weinkaraffe nachschenken wollte, lehnte ich erstmal ab. Ich mochte es nicht, wenn ich beschwipst war. Einmal hatte ich auf einer Feier einen Champagner zu schnell getrunken und war am Tisch des Gastgebers eingeschlafen. Das war mir eine Lehre.

Auch jetzt war ich schläfrig. Ben schaute mich von der Seite an.

„Wenn ich ausgetrunken habe, dann gehen wir wieder zum Haus, okay?" fragte er. „Oder soll ich ein Taxi rufen lassen?"

„Wir können gern zurück laufen. Es ist jetzt schön kühl und ich brauche etwas Bewegung!" antwortete ich.

„Heute Nacht wirst Du noch genug Bewegung haben!" sagte Ben und zwinkerte mir vielsagend zu. Ich wusste was er meinte und bekam mal wieder einen roten Kopf.

Nachdem Ben bezahlt hatte, liefen wir den schmalen Weg zurück zum Haus. Die letzten Meter fielen mir doch schwer. Es war steiler, als es den Anschein hatte. Oder es lag an dem Rotwein. Aber ich war froh, als Renates Haus in Sichtweite war.

Es wurde schon langsam dunkel, als wir auf der Terrasse ankamen.

„Es war ein wunderschöner Tag!" sagte Ben und nahm mich zärtlich in den Arm.

Ich legte meinen Kopf auf seine Brust und genoss seine Nähe.

„Morgen ist mein letzter Tag hier in Spanien. Am Mittwoch heißt es packen und Heimflug nach Köln! Ich fliege um achtzehn Uhr. Ich muss dann spätestens um fünfzehn Uhr abfahren. Ich muss ja noch den Mietwagen zurück bringen", sagte ich traurig.

„Dann müssen wir die letzten Stunden nutzen!" Ben nahm meine Hand. Wir gingen in meine Wohnung und in mein Schlafzimmer. Wir liebten uns intensiv, weil wir wussten, dass unsere gemeinsame Zeit bald zu Ende war.

Am Morgen wurde ich früh durch das Klingeln meines Handys geweckt. Ich hatte keine Lust aufzustehen. Es war so schön Bens Körper zu spüren. Ich kuschelte mich an ihn.

Schon nach kurzer Zeit klingelte das Handy erneut. Ich stöhnte und stand auf, damit Ben nicht durch das Klingeln wach wurde.

Der brummte und drehte sich im Bett um.

Ich ging schnell zu meiner Tasche und zog das Handy heraus. Am anderen Ende meldete sich Frank. Ich wollte schon wieder auflegen, als er sagte:

„Andrea, wann kommst Du wieder nach Hause. Ich muss mit Dir reden. Wann können wir uns mal treffen? Ich vermisse Dich so!"

„Das kommt alles viel zu spät. In Heikes Bett hast Du mich ja auch nicht vermisst. Lass mich in Ruhe. Ich will nichts mehr von Dir hören und sehen!" Ich legte wütend auf. Ich stellte den Rufton auf lautlos und warf das Handy zurück in die Tasche. Dann ging ich zurück ins Schlafzimmer und legte mich neben Ben. Der drehte sich jetzt in meine Richtung und flüsterte müde: „Was ist denn los? Müssen wir schon aufstehen?"

„Nein mein Schatz. Wir können noch im Bett bleiben. Oder wir unternehmen noch etwas an meinem letzten Tag?" flüsterte ich Ben ins Ohr.

Ben streichelte mich überall und ich wusste, dass wir den Tag wahrscheinlich im Bett verbringen würden!"

Am Nachmittag fuhren wir dann doch noch einmal gemeinsam in einer der kleinen Orte in der Nähe. Hier gab es einen großen Wochenmarkt. Wir ließen uns treiben, beobachteten die Menschen, die um die Preise feilschten und sich lautstark unterhielten. Ich versuchte alles in mich aufzusaugen.

Das bunte Treiben gefiel mir sehr. Wir schlenderten an den Marktständen vorbei und kauften uns eine Tüte Churros, eine spanische Gebäckspezialität. In einer kleinen Bodega tranken wir noch einen Kaffee. Dann fuhren wir wieder zurück. Wir wollten den letzten Abend auf der Terrasse verbringen. Hier waren wir ungestört.

Später saßen wir draußen und sagten nicht viel. Jeder hing seinen Gedanken nach. Ich schaute auf das Meer und wollte mir nicht vorstellen, dass ich am nächsten Tag wieder im herbstlichen Deutschland sein würde.

In der Nacht fanden wir kaum Schlaf. Ben war ein leidenschaftlicher Liebhaber. Unsere letzte Nacht war unbeschreiblich schön.

Ich wurde trotzdem früh wach. Ich schaute zu Ben hinüber und mir kamen die Tränen. Wir würden sehr lange nicht mehr so nebeneinander liegen. Ich hatte einen Kloß im Hals. Ben wurde wach und schaute mich fragend an: „Was ist mit Dir los. Sei nicht traurig. Wir werden uns wieder sehen! Mach Dir keine Sorgen!"

„Alles okay. Du hast Recht! Wollen wir gleich ein letztes Mal auf der Terrasse gemeinsam frühstücken?" fragte ich.

Ben streichelte über meinen Körper und sagte leise:„ Ich habe da noch eine andere Idee.

Wir lassen das Frühstück ausfallen und bleiben im Bett. Ich habe Lust auf Dich!"

Spät am Vormittag standen wir auf. Ich ging duschen und Ben kochte Kaffee. Meine Zeit wurde knapp. Ich musste noch packen und etwas aufräumen. Ben brachte meine Lebensmittel aus dem Kühlschrank in seine Wohnung. Danach gingen wir beide noch einmal nackt im Pool baden. Es war herrlich, aber mich ergriff eine große Trauer. Ich würde Ben lange nicht mehr sehen. Auch diese wunderschöne Landschaft vermisste ich jetzt schon.

Ich rief noch einmal Alejandro an und verabschiedete mich auch von ihm. Er wollte mich in den nächsten Wochen in Deutschland besuchen. Dann war auch er wieder zurück um sein Studium fortzusetzen. Darüber freute ich mich sehr.

Ben merkte, dass ich traurig war. Er zog mich an sich und flüsterte mir ins Ohr: „Das ist heute nicht das Ende für uns, sondern der Anfang einer Liebe für immer. Ich lasse Dich heute nur gehen, damit wir uns so schnell wie möglich wieder sehen. Wir überlegen Beide wie es weitergehen soll und wir finden eine Lösung mein Schatz!"

Ich nickte. Mir kamen die Tränen. Ben küsste mich sanft.

Dann wurde es langsam Zeit die Koffer in das Auto zu bringen. Ich brauchte ungefähr eine Stunde bis Valencia. Da ich nicht wusste, wie lange es bei der

Autovermietung dauern würde, wollte ich nicht zu spät losfahren.

Es war besser für mich am Haus Abschied zu nehmen. Ich wollte nicht am Flughafen stehen und weinen. Das passierte mir jetzt, als Ben mich in den Arm nahm und zärtlich küsste.

„Du wirst mich nicht mehr los!" sagte er und lächelte. Pass lieber auf Dich auf und fahr vorsichtig. Wie telefonieren jeden Tag. Das verspreche ich Dir. Und in ein paar Wochen sehen wir uns in Köln."

Ich konnte nur nicken. Ich küsste Ben ein letztes Mal. Dann stieg ich in den Mietwagen. Ich öffnete das Fenster und sagte: „Auf Wiedersehen Ben. Ich melde mich heute Abend, wenn ich gelandet bin! Vergiss mich nicht!"

„Das wird nicht passieren! Andrea, ich liebe Dich!"

Ich schluckte und antwortete: „Ich Dich auch!" Dann startete ich den Motor und fuhr los. Im Rückspiegel sah ich wie Ben winkte. Dann fuhr ich um eine Kurve und Ben war verschwunden!

Unter Tränen fuhr ich die ersten Kilometer Richtung La Font. Erst auf der Autobahn konnte ich mich wieder beruhigen.

Ich versuchte noch einmal die traumhafte Landschaft in mich aufzusaugen. Die Sonne wärmte mein Gesicht durch die Windschutzscheibe.

Ich war glücklich und traurig zugleich. Aber ich freute mich auch schon wieder auf meine Wohnung und das Geschäft. Das war auch mein Leben. Das andere hatte ich gerade, hoffentlich nur kurzfristig, verlassen.

Am Flughafen ging alles ganz schnell. Der Mietwagen wurde kurz kontrolliert und dann konnte ich gleich weiter durch die Sicherheitskontrolle. Ich hatte noch Zeit einen Kaffee zu trinken, dann wurde mein Flug auch schon aufgerufen. Diesmal saß ich ziemlich weit hinten im Flugzeug. Der Flug war nicht ausgebucht. So saß ich allein und konnte etwas schlafen. Ich war sehr müde nach der Nacht mit Ben. Wir hatten nicht viel geschlafen. Der Gedanke an Ben ließ mich lächeln. Ich konnte es noch immer nicht richtig glauben, dass ich mich so schnell in ihn verliebt hatte.

Ich verschlief fast den ganzen Flug. Ich wurde erst wach, als das Anschnallzeichen ertönte und dann landeten wir auch schon sicher in Köln. Ich schaute aus dem Fenster. Es regnete. Das machte meine Stimmung nicht besser. Ich seufzte und nahm mein Handgepäck aus dem Fach über mir.

Es verlief alles schnell und reibungslos und meine Koffer waren fast die ersten auf dem Gepäckband. So war ich schnell fertig und ging zum Ausgang. Diesmal fuhr ich mit dem Taxi nach Hause. Mittlerweile regnete es in Strömen.

Der Taxifahrer half mir noch mit den Koffern. Er trug sie bis zum Eingang, damit ich nicht vollkommen durchnässt wurde.

Als ich die Wohnung aufschloss, musste ich lächeln. Renate hatte mir zur Begrüßung einen riesigen Blumenstrauß auf den Esstisch gestellt. Ich stellte die Koffer ab und ging zum Tisch. Dort lag eine Karte neben der Vase. Ich öffnete sie und schluckte. Der Strauß war von Frank! Auf der Karte stand nur „Verzeih mir!" Wahrscheinlich hatte er Renate gebeten, ihn in die Wohnung zu stellen.

Woher wusste er, dass ich heute wieder Zuhause sein würde? Ich wollte Renate am nächsten Tag fragen. Jetzt war es schon zu spät um bei ihr zu klingeln. Außerdem war ich müde und wollte gleich mit Ben telefonieren.

Ich warf mich auf die Couch und holte das Handy aus der Handtasche. Nach kurzer Zeit meldete sich Ben. Seine Stimme verursachte bei mir ein wohliges Kribbeln.

„Bist Du gut Zuhause angekommen? Hat alles geklappt?" wollte Ben gleich wissen.

„Besser als ich gedacht habe. Wie geht es Dir?" antwortete ich.

„Ich vermisse Dich sehr!" sagte Ben.

„Und ich Dich erst!" antwortete ich leise,

Wir telefonierten eine halbe Stunde. Als ich aufgelegt hatte, ging ich in die Küche. Im Kühlschrank stand noch eine Flasche Weißwein. Die öffnete ich jetzt und goss mir ein Glas ein. Dann schaute ich die Post durch, die Renate im Flur auf die Garderobe gelegt hatte.

Ich war zu müde, um den Koffer auszupacken. Also nahm ich nur meinen Kulturbeutel heraus und ging ins Bad um zu duschen. Es war kalt. Die letzten heißen Tage in Spanien hatten mich vergessen lassen, dass es in Deutschland schon Herbst wurde. Ich duschte so heiß es ging und kuschelte mich dann in meinen Bademantel.

Der Wein und die heiße Dusche machten mich schläfrig. Am nächsten Morgen musste ich wieder früh aufstehen. Ich ging ins Bett und schlief traumlos bis der Wecker klingelte.

Es wurde gerade hell, als um sieben Uhr der Wecker klingelte. Ich streckte mich im Bett aus und dachte an Ben. Er war jetzt vielleicht auch wach geworden und würde wie jeden Morgen nach La Font zum Bäcker fahren und seinen Espresso trinken. Ich hatte große Sehnsucht nach ihm.

Ich quälte mich mühsam aus dem Bett und ging ins Badezimmer. Nach der Dusche kochte ich mir einen Kaffee und verzichtete auf ein Frühstück, da der Kühlschrank leer war.

An meinem Handy blinkte das Licht, dass eine Nachricht angekommen war. Ben hatte geschrieben: „Guten Morgen mein Liebling. Ich wünsche Dir einen guten Start in Deinen Arbeitstag und denke jede Minute an Dich!"

Ich antwortete ihm, dass er auch immer in meinen Gedanken sei. Dann musste ich auch schon los.

Ich wollte im Geschäft erst einmal schauen, was liegen geblieben war, bevor ich um neun Uhr öffnete.

Als ich die Tür von meinem Laden aufschloss, sah ich, dass im Büro das Licht brannte. Simone war auch schon da.

Sie kam auf mich zu und wir drückten uns. „Schön, dass Du gesund und anscheinend gut erholt wieder da bist!" sagte Simone. „Ich dachte, dass Du etwas später kommst, deshalb bin ich heute Morgen schon so früh hier."

„Ich wollte Dich nicht noch länger überstrapazieren. Hat denn alles gut geklappt?" antwortete ich.

„Es gab keine Probleme. Renate hat es richtig Spaß gemacht die Buchführung zu übernehmen!" Simone schmunzelte. „Ihr ist langweilig zuhause. Sie braucht eine Aufgabe!"

Ich war froh, dass die Beiden keinen Stress hatten und alles glatt gelaufen war.

„Ich muss Dir aber noch etwas sagen." Simone schaute auf den Boden und redete dann leise weiter.

„Dein Ex Freund war ein paar Mal hier und wollte wissen wo Du bist. Ich habe nur gesagt, dass Du in Urlaub bist. Ich habe ihm leider auch verraten, dass Du ab heute wieder da bist!" sagte sie schuldbewusst.

Daher wusste Frank also, wann ich wieder Zuhause sein würde.

„Das ist nicht schlimm, er hat mich im Urlaub auch schon angerufen. Zuhause stand ein riesiger Blumenstrauß von ihm. Den hat bestimmt Renate in die Wohnung gestellt."

Simone schaute erstaunt und fragte dann: „Will er Dich wieder zurück? Ich dachte er hat eine Andere?"

„Anscheinend ist es schon wieder vorbei mit Heike. Aber ich will keinen neuen Versuch. Für mich ist das Thema vorbei. Ich möchte Dich bitten, ihm keine weiteren Informationen über mich zu geben."

Ich schaute sie an und wusste, dass sie ihm auch nichts mehr sagen würde. Sie nickte und machte mit den Fingern eine Bewegung als ob sie ihrem Mund abschließen würde. Ich musste lachen.

Der Tag im Geschäft verging wie im Flug. Wir hatten viel zu tun.

Trotzdem schickte ich Simone früher nach Hause. Sie hatte in den letzten Tagen genug Überstunden gemacht. Den nächsten Tag gab ich ihr ganz frei. Freitags war zwar immer viel zu tun, aber ich wollte mich durch die Arbeit ablenken. Ich wollte nicht immer an Ben denken. Er fehlte mir sehr.

Um achtzehn Uhr machte ich den Laden zu. Ich räumte noch ein bisschen auf und machte die Tagesabrechnung. Dann löschte ich das Licht im Büro, nahm meine Tasche und ging durch den Nebeneingang auf die Straße. Ich hatte meinen Wagen auf dem Parkplatz abgestellt, der zum Geschäft gehörte.

„Guten Abend Andrea!" hörte ich auf einmal eine Stimme hinter mir. Ich drehte mich erschrocken um. Es war Frank, der am Parkplatz auf mich gewartet hatte.

„Was willst Du hier?" fragte ich genervt. „Lass mich in Ruhe!"

Frank kam auf mich zu. Er war anscheinend direkt nach der Arbeit zum Geschäft gekommen, denn er hatte noch seine Polizei Uniform an.

„Lass uns doch noch einmal über alles reden. Ich möchte Dir erklären, wie es zu dem Seitensprung mit Heike gekommen ist!" bettelte er.

„Seitensprung? Du hattest eine monatelange Affäre und hast mich verlassen!" Ich war wütend über die Art, wie er das herunterspielte.

„Du hast allen Grund wütend auf mich zu sein!" sagte Frank. Können wir nicht trotzdem einmal zusammen essen gehen. Ich möchte nicht in unsere Wohnung kommen, wenn Dir das nicht Recht ist."

„Es ist jetzt meine Wohnung. Ich möchte das jetzt hier und heute nicht entscheiden. Ruf mich nächste Woche an. Ich überlege es mir", antwortete ich, damit ich ihn erst einmal los wurde.

„Danke Andrea! Das bedeutet mir so viel. Ich melde mich nächste Woche!" Frank kam auf mich zu. Ich ging schnell in Richtung Auto und rief: „Ich muss jetzt los. Bis dann!"

Als ich im Auto saß, sah ich wie Frank in Richtung Hauptstraße ging. Ich atmete auf. Ich wusste nicht, was ich von alldem halten sollte. Ich glaubte Frank, wenn er sagte, dass er seinen Fehler bereute. Aber es kam zu spät.

Als ich Zuhause die Wohnungstür aufschloss, hörte ich wie Renates Tür sich nebenan öffnete.

„Na Du Urlauberin. Wie geht es Dir?" fragte sie lachend.

„Hallo Renate. Mir geht es wunderbar. Kann ich morgen Abend zu Dir kommen? Ich würde Dir gern ausführlich über den Urlaub berichten! Heute bin ich zu müde!" sagte ich und drückte sie fest.

„Natürlich Andrea, komm einfach wenn Du Zeit hast. Ich bin zuhause!" Sie winkte kurz und ging wieder in ihre Wohnung.

Ich musste schmunzeln, denn ich wusste, dass Renate neugierig war und mich auch über Ben ausfragen würde.

Ich räumte an diesem Abend erst einmal den Koffer aus und stopfte schmutzige Wäsche in die Waschmaschine. Danach machte ich mir eine Kleinigkeit zu essen und schaltete den Fernseher an.

Nach dem Essen räumte ich den Teller und das Besteck in die Spülmaschine. Danach wollte ich Ben anrufen. Wir hatten verabredet, dass wir uns abwechselnd abends um zwanzig Uhr melden wollten.

Ben kam mir aber zuvor.

„Ich konnte es nicht mehr abwarten!" sagte er zur Begrüßung. „Wie war denn Dein erster Arbeitstag?" fragte er gut gelaunt.

„Hallo Ben. Schön Deine Stimme zu hören. Bei mir hat heute alles bestens geklappt. Es war einiges zu tun. So ist die Zeit schnell vergangen. Was hast Du heute gemacht. Kommst Du mit dem Roman voran?"

„Ich habe gestern und heute wirklich viel geschrieben.

Jetzt wo ich wieder allein bin, schaffe ich endlich mal wieder ein paar Kapitel." Ich hörte wie er lachte.

„Sag nicht ich hätte Dich von der Arbeit abgehalten!" sagte ich gespielt entrüstet und musste selber lachen.

„Ich habe heute mir Marisa Moreno telefoniert. Der Notartermin und die Schlüsselübergabe findet in zwei Wochen statt!" sagte Ben.

Die Erwähnung von Marisa Moreno versetzte mir einen Stich. Ich misstraute ihr. Sie würde wieder versuchen, Ben zu verführen und das machte mich nervös und wütend. Trotzdem sagte ich: „Das freut mich für Dich. Dann kannst Du in Dein Traumhaus ziehen. Es ist wirklich wunderschön!"

„Vielleicht mal unser Traumhaus?" fragte Ben jetzt.

Ich schluckte. Ich wusste nicht, was ich dazu sagen sollte. Die Vorstellung mit Ben in Spanien zu leben war so weit weg. Ich konnte doch nicht alles, was ich mir aufgebaut hatte, für eine ungewisse Zukunft aufgeben. Wir kannten uns doch erst ein paar Tage.

„Du antwortest nicht? Hast Du Angst? Oder glaubst Du nicht an uns? Dann sag es mir lieber gleich!" Ben war enttäuscht, dass hörte ich aus seiner Stimme heraus.

„Ben, ich liebe Dich. Aber ich habe wirklich Angst vor einer ungewissen Zukunft in Spanien. Ich spreche ja noch nicht einmal die Sprache.

Was soll ich denn dort machen? Und mein Geschäft aufzugeben ist doch ziemlich viel verlangt, oder?"

„Wenn ich in ein paar Wochen in Deutschland bin, dann sprechen wir noch einmal in Ruhe über alles. Ich habe mir da etwas überlegt. Ich will Dich nicht verlieren. Ich liebe Dich über alles."

Wir unterhielten uns noch eine ganze Weile. Ben fragte auch, ob sich Frank noch einmal gemeldet hatte. Ich wollte ihn nicht unnötig eifersüchtig machen und sagte deshalb, dass ich nichts mehr von Frank gehört hätte.

Nach dem Telefonat überlegte ich, wie ich Frank absagen konnte. Ich hatte keine Lust auf ein Treffen. Er würde wieder versuchen mich umzustimmen. Aber egal was er mir zu sagen hatte, ich wollte keine erneute Beziehung. Er hatte mein Vertrauen verspielt.

Ich schaute auf den Blumenstrauß. Frank hatte mir früher ganz selten einmal Blumen geschenkt. Eigentlich immer nur zum Geburtstag.

Ich seufzte bei dem Gedanken an die Zeit mit Frank. Ich war mit ihm nie so glücklich, wie in den wenigen Tagen mit Ben.

Der Freitag verflog wie im Wind. Da ich im Laden allein war, hatte ich jede Menge zu tun. Ich hatte kaum Zeit etwas zu essen. Ich holte mir mittags nur ein belegtes Brötchen vom Bäcker, weil keine Zeit für eine Pause war.

Als ich abends den Laden abschloss, war ich müde und hungrig. Auf dem Weg nach Hause kaufte ich noch einen Blumenstrauß und eine Flasche Wein für Renate. Ich hoffte, dass sie etwas für uns gekocht hatte.

Zuhause duschte ich kurz und zog mir etwas Bequemeres an. Im Geschäft trug ich immer elegante Kleidung. Jetzt schlüpfte ich in Jeans und T-Shirt.

Renate öffnete sofort, als ich geklingelt hatte. Nachdem sie die Blumen in die Vase gestellt hatte, holte sie uns zwei Gläser und öffnete eine Sektflasche.

„Prost und schön, dass Du gesund wieder zuhause angekommen bist!" sagte sie und lächelte mir zu.

„Danke Renate. Es war ein unvergesslicher Urlaub in Deinem Haus. Es ist so wunderschön bei Dir in Spanien. Ich habe mich richtig gut erholt!" antwortete ich und nahm sie in den Arm.

Sie zwinkerte mir zu, als sie sagte: „Und Ben hat Dich getröstet?"

„Es war mehr als ein Trost. Wir haben uns verliebt! Es ist ein Gefühl, dass ich so noch gar nicht kannte. Ich bin so glücklich!"

„Das freut mich so für Dich. Ben Förster ist wirklich ein netter Mann. Wir haben uns ja schon öfter bei der Schlüsselübergabe für die Wohnung gesehen.

Ich bin froh, dass er endlich über den Tod seiner Frau hinweg ist."

Ich nickte. Ich merkte wieder, wie sehr mir Ben fehlte.

Renate brachte mich schnell auf andere Gedanken, denn sie hatte wirklich ein leckeres Essen für uns gekocht. Wir setzten uns an den Tisch. Wir aßen und erzählten uns, was in den letzten Tagen passiert war. Renate hatte es wirklich sehr gefallen, mir im Geschäft helfen zu dürfen. Die Zusammenarbeit mit Simone hatte ihr riesigen Spaß gemacht.

„Wie stellt ihr euch eigentlich eure weitere Zukunft vor?" fragte Renate, nachdem wir das Geschirr abgeräumt hatten und uns mit den Gläsern auf die Couch gesetzt hatten.

„Ach Renate, ich weiß es nicht. Ich kann nicht für immer nach Spanien und Ben will nicht wieder zurück nach Deutschland. Was soll das werden? Eine Liebe auf diese Distanz wird sehr schwierig", antwortete ich.

Renate nickte und schwieg eine Weile.

„Da hast Du Recht, aber käme es für Dich wirklich nicht in Frage das Geschäft zu verkaufen? Es läuft doch super. Du würdest bestimmt schnell einen Käufer finden."

„Ich habe Angst. Wenn es mit Ben und mir nicht klappt, dann habe ich nichts mehr. Ich müsste ja nicht nur das Geschäft verkaufen, sondern auch die Wohnung aufgeben. Meine Freunde blieben hier zurück. Und Dich würde ich auch nur noch selten sehen!" Ich schaute zu Renate hinüber und lächelte.

Sie rutschte zu mir herüber und drückte mich.

„Hast Du die Blumen in Deiner Wohnung gesehen. Frank war hier und hat mich gebeten, sie in Deine Wohnung zu stellen!" Sie wechselte das Thema.

„Ich habe mir schon gedacht, dass Du sie in die Wohnung gebracht hast. Frank hat mich übrigens gestern am Geschäft abgepasst. Er will sich mit mir aussprechen. Ich weiß nicht, ob das gut ist!"

„Ich würde mir anhören was er zu sagen hat. Wie Du Dich dann entscheidest, ist ja eine andere Sache. Vielleicht habt ihr aber so die Chance, wenigstens Freunde zu bleiben!" sagte Renate und tätschelte meine Hand.

Ich wollte es mir überlegen. Renate erzählte mir, dass sie selbst in zwei Monaten nochmal nach Spanien fliegen würde. Sie wollte sich mit einer Freundin treffen, die ihren siebzigsten Geburtstag feierte. Sie war schon ein Jahr nicht mehr im Haus gewesen. Es wurde mal wieder Zeit. Und die kalte Jahreszeit nicht in Deutschland verbringen zu müssen, hielt sie für eine gute Idee.

Ich beneidete sie, dass sie nach Spanien reisen würde. Für mich waren die Wochen bis Weihnachten immer die Zeit, wo mein Geschäft am besten lief. Ich nahm mir aber vor, dass ich im Frühling wieder zu Ben fliegen würde. Bis dahin wohnte er bestimmt schon in seinem eigenen Haus. Der Gedanke an ihn machte mich glücklich. Ich musste jetzt nur noch ein paar Wochen überbrücken, bis er nach Deutschland kam.

Es war ein schöner gemütlicher Abend bei Renate, aber ich wollte noch mit Ben telefonieren. Deshalb verabschiedete ich mich gegen zehn Uhr und ging hinüber in meine Wohnung. Ich hatte Ben am Vortag gesagt, dass ich später anrufen würde, weil ich bei Renate eingeladen war.

Ich versuchte gleich Ben zu erreichen, aber er meldete sich nicht. Ich sprach auf den Anrufbeantworter, dass ich wieder in meiner Wohnung sei. Ben sollte mich dann zurückrufen.

Als Ben bis Mitternacht noch nicht angerufen hatte, versuchte ich ihn erneut zu erreichen. Wieder sprang nur der Anrufbeantworter an. Diesmal hinterließ ich keine Nachricht. Er würde ja sehen, dass ich noch einmal angerufen hatte.

Ich war etwas beunruhigt. Mir kam sofort Marisa Moreno in den Sinn. Ich versuchte diesen Gedanken gleich wieder beiseite zu schieben aber es gelang mir nicht ganz.

Ich stellte den Klingelton meines Handys auf lautlos und ging ins Bett. Ich konnte lange nicht einschlafen. Ich wälzte mich stundenlang herum und träumte schließlich wirres Zeug.

Als ich um sieben Uhr durch den Wecker aus dem unruhigen Schlaf gerissen wurde, war ich wie gerädert. Ich schaute direkt auf mein Handy, ob Ben noch angerufen hatte. Es wurde aber nichts angezeigt. Ich war enttäuscht. Dann hatte ich auf einmal Sorge, Ben könnte etwas passiert sein. Ich war schon immer ein ungeduldiger Mensch. Die Tatsache, dass ich in Deutschland saß und Ben nicht erreichen konnte, machte mich wütend und traurig zugleich.

Ich zog mich an und verließ ohne zu frühstücken die Wohnung. Mir war der Appetit vergangen. Auf dem Weg ins Geschäft kaufte ich mir beim Bäcker ein Croissant und musste direkt wieder an Ben denken.

Im Geschäft war heute die Hölle los. Die Kunden waren genervt, obwohl Simone und ich wirklich versuchten, alle zufrieden zu stellen. Ein kleines Mädchen wollte sich von seiner Mutter nicht die neuen Winterstiefel anziehen lassen. Sie weinte laut und steigerte sich so in Rage, dass sie mitten im Laden erbrach. Das war der Höhepunkt des Tages. Als ich um sechzehn Uhr endlich Feierabend machen konnte, war ich total gestresst und müde. Und Ben hatte immer noch nicht angerufen!

Als Simone gegangen war, setzte ich mich noch ein paar Minuten ins Büro und zählte das Bargeld. Danach brachte ich es in den Safe. Am Montag wollte ich es dann zur Bank bringen.

Ich hielt es kaum noch aus und versuchte noch einmal Ben anzurufen.

„Hola?" hörte ich auf einmal eine Frauenstimme. Marisa Moreno! Ich legte erschrocken wieder auf. Warum ging sie an Bens Handy? In meinem Kopf spielten sich hundert Dinge gleichzeitig ab. Hatte Ben mich belogen, als er gesagt hatte, er hätte nur eine kurze Affäre mit ihr gehabt. War sie deshalb am Abend von Enriques Geburtstagsfeier so wütend auf mich? Ich kam mir auf einmal so dumm und naiv vor. Vielleicht hatte Ben nur die Gelegenheit ausgenutzt, dass ich nach der Trennung von Frank so unsicher war. Mir kamen die Tränen.

Ich versuchte mich zu beruhigen und wollte Ben noch einmal von Zuhause aus anrufen. Vielleicht war alles ganz harmlos.

Auf dem Weg nach Hause, ging ich noch für das Wochenende einkaufen. Als ich mich an der Kasse anstellen wollte, sah ich in der Schlange neben mir Frank stehen. Ich rief seinen Namen. Als er mich sah lächelte er und sagte laut: „Treffen wir uns gleich am Ausgang?"

Ich nickte. Frank war ein paar Minuten eher fertig und stand schon am Treffpunkt.

Er schaute neugierig in meinen Einkaufswagen und fragte: „Was gibt es denn Leckeres bei Dir am Wochenende?"

„Ich habe nur ein paar frische Sachen eingekauft. Ich weiß noch gar nicht, ob ich für mich allein etwas kochen werde!" antwortete ich.

„Wenn Du für Zwei kochen willst, ich biete mich gern an!" Frank lachte.

Als er mein wenig begeistertes Gesicht sah, sagte er aber gleich: „Oder darf ich Dich zum Essen einladen? Ich wohne im Moment in einem kleinen Appartment, das einem Kollegen gehört. Dorthin möchte ich Dich nicht einladen. Wie wäre es denn mit dem Brauhaus in der Südstadt?"

„Ich weiß noch nicht, ob ich das möchte!" antwortete ich. Ich war in Gedanken immer noch bei Ben und der Tatsache, dass diese Marisa an sein Handy gegangen war.

„Ach komm! Es soll doch kein Date sein, sondern nur die Möglichkeit sich einmal auszusprechen!" bettelte Frank.

„Dann hol mich morgen um zwei Uhr ab. Und das Brauhaus ist okay", sagte ich schließlich.

Frank lächelte und sagte: „Dann bis morgen, ich freue mich riesig!"

Ich schaute ihm nach. Er sah wirklich sehr attraktiv aus. Groß und muskulös wie er war, wirkte er sehr auf Frauen. Ich konnte Heike schon verstehen, dass sie ihn verführt hatte.

Ich packte meine Einkäufe ins Auto und fuhr nach Hause. Ich war müde und wollte mich etwas hinlegen.

Zuhause räumte ich erst meine Lebensmittel weg und machte mir dann einen Kaffee. Ich hatte mir aus dem Supermarkt ein Stück Kuchen mitgenommen, aber irgendwie hatte ich auf einmal keinen Appetit.

Ich war richtig aufgeregt, als ich mein Handy nahm und wieder einmal Bens Nummer wählte. Es klingelte eine Weile, aber Ben ging nicht dran. Allerdings sprang auch der Anrufbeantworter nicht an. Was sollte das denn? Ich war auf einmal wütend auf Ben. Seine Versprechungen und sein angeblicher Wunsch mit mir zusammen zu sein, waren wahrscheinlich nur seine Masche, um mich ins Bett zu bekommen. Sollte er doch mit dieser Marisa glücklich werden. Vielleicht wollte er sie nur eifersüchtig machen. Ich war maßlos enttäuscht.

Ich trank den Kaffee und warf den Kuchen in den Abfalleimer. Um mich abzulenken, machte ich den Fernseher an. Ich fühlte mich plötzlich krank und schlief auf der Couch ein.

Als ich wieder aufwachte, war es schon dunkel. Ich hatte lange geschlafen und fühlte mich etwas besser.

Ich verbrachte den Abend mit einem Glas Wein vor den Fernseher. Mir wurde auf einmal schmerzhaft bewusst, dass ich keine Familie und wenig Freunde hatte. Die meisten Freunde waren Kollegen von Frank gewesen. Ich hatte Heike, meine ehemals beste Freundin und ansonsten nur lockere Bekannte. In den letzten Jahren war mein Geschäft mein Lebensinhalt. Ich nahm mir vor, etwas mehr für mich zu machen. Ich wollte mich im Fitness Studio anmelden und mal wieder ins Kino oder Theater gehen.

Als ich morgens wach wurde, lag ich immer noch auf der Couch.

Den Vormittag verbrachte ich damit aufzuräumen und meine Wohnung zu putzen. Gegen ein Uhr ging ich ins Badezimmer und machte mich zurecht. Ich zog eine Jeans und eine Bluse an, von der ich wusste, dass sie Frank gefiel. Wir hatten sie einmal zusammen gekauft.

Frank klingelte pünktlich an der Tür. „Es steht ja immer noch mein Name am Klingelschild. Ist das ein gutes Zeichen?" fragte er zur Begrüßung.

„Ach ja. Ich bin noch nicht dazu gekommen, ein neues anfertigen zu lassen!" antwortete ich und schloss die Tür hinter mir.

Frank stöhnte und verdrehte die Augen.

„Ich freue mich Dich zu sehen!" sagte er und ging neben mir die Stufen hinunter. „Du siehst toll aus!"

Frank hatte eine neue Hose und ein legeres Sakko an. Er hatte einen drei Tage Bart und eine neue moderne Frisur. „Du siehst etwas verändert, aber auch gut aus!" musste ich zugeben.

Er grinste. „Ich war extra für Dich beim Friseur!" sagte er und nahm meine Hand.

Ich entzog sie ihm gleich wieder. Er sah mich erstaunt an, sagte aber nichts.

Während der Fahrt sagten wir Beide nicht viel. Als Frank in einer Seitenstraße parkte, sah ich ihn von der Seite an. Irgendwie war er mir in den letzten Wochen fremd geworden. Frank schaltete den Motor aus und fragte plötzlich: „Geht es Dir gut? Du bist so blass!"

„Es ist alles in Ordnung. Ich bin nur etwas müde. Ich glaube, dass macht der Temperaturunterschied zu Spanien. Dort war es noch richtig heiß. Ich fühle mich irgendwie krank, seit ich wieder zuhause bin!" antwortete ich und stieg aus.

Im Brauhaus war es wie immer voll. Der Kellner zeigt uns den Tisch, den Frank reserviert hatte und gab uns gleich die Speisekarten. Ohne weiter zu fragen, stellte er gleich zwei Kölsch vor uns und ging weiter zum nächsten Tisch.

„Ein Bier kann ich trinken!" sagte Frank und prostete mir zu.

Ich trank einen Schluck und fing an, mich langsam zu entspannen. Ich studierte die Speisekarte und entschied mich für das Tagesgericht, obwohl ich eigentlich keinen Hunger hatte. Frank hatte ebenfalls gewählt und gab jetzt beim Kellner die Bestellung auf.

„Andrea, ich muss Dir etwas sagen!" Frank schaute mir tief in die Augen. „Das mit Heike war ein großer Fehler." Ich wollte etwas sagen, aber Frank sprach schnell weiter.

„Ich habe mich lange sehr von Dir vernachlässigt gefühlt. Du hattest nur noch Deinen Laden im Kopf. Dann kam Heike und gab mir das Gefühl, der begehrenswerteste Mann der Welt zu sein. Das hat mir bei Dir immer gefehlt. Wir waren die letzten Jahre doch nur noch wie Bruder und Schwester. Sex hatten wir nur noch ganz selten. Habe ich nicht Recht?"

Ich schluckte und sagte nach einer Weile: „Warum hast Du nicht mit mir darüber gesprochen? Stattdessen bist Du monatelang Fremd gegangen und hast mich belogen und betrogen!"

„Ich wusste nicht, wie ich es Dir breibringen sollte!" Frank schaute unglücklich zu mir hinüber.

„Ich war wie vor den Kopf geschlagen, als ich Dich bei Heike erwischt habe. Das war so erniedrigend!"

Mir kamen die Tränen als ich an diese Situation zurück dachte.

Frank nickte und nahm meine Hand.

„Ich bitte Dich um Entschuldigung Andrea. Es tut mir alles so leid. Ich schäme mich für das, was ich Dir angetan habe", sagte Frank traurig.

Der Kellner brachte unsere Speisen und unterbrach die unangenehme Situation.

„Gibst Du mir noch eine Chance?" wollte Frank wissen.

„Ich habe mich in Spanien in einen anderen Mann verliebt. Aber auch ohne ihn, wollte ich keinen weiteren Versuch unsere Beziehung zu retten. Es tut mir leid!" sagte ich bestimmt.

Frank schaute erschrocken und sagte leise: „Das habe ich nicht gewusst. Wer ist der Mann?"

„Er heißt Ben und ist Schriftsteller. Er lebt in Spanien!" antwortete ich.

„Das hat doch keine Zukunft! Oder willst Du nach Spanien auswandern?" fragte Frank spöttisch.

Seine Frage durchfuhr mich wie ein Messerstich. Er sprach meine schlimmsten Befürchtungen aus. Wahrscheinlich war das mit Ben sowieso schon wieder vorbei.

„Das ist meine Sache. Ich hoffe wir können Freunde bleiben.

Aber mehr will ich nicht. Du weißt, wenn ich einmal enttäuscht wurde, dann gibt es keine zweite Chance."

„Freunde bleiben?" Frank sah mich enttäuscht an.

„Das wäre schön. Wir haben uns immer gut verstanden. Wir haben den gleichen Humor und Geschmack in vielen Dingen. Wir könnten es versuchen!"

Frank nickte und nahm sein Glas.

„Auf die Freundschaft!" sagte er und lächelte.

Nach dem Essen gingen wir noch etwas spazieren. Die frische Luft tat mir gut. Wir gingen zum Rheinufer und liefen eine Weile auf dem Fußweg in Richtung Innenstadt. Es war richtig kühl geworden und ich fröstelte.

„Lass uns wieder zurück zum Auto gehen!" sagte Frank und nahm meine Hand. „Du frierst doch!"

Ich nickte und ließ diesmal meine Hand in seiner. Langsam schlenderten wir wieder zurück. Als Frank später vor meiner Haustür anhielt, gab er mir zum Abschied einen Kuss auf die Wange.

„Pass auf Dich auf. Ich rufe Dich nächste Woche mal an!" sagte er.

„Du auch auf Dich. Bis dann!" antwortete ich und stieg aus.

Als Frank davon fuhr war ich froh, dass wir uns ausgesprochen hatten. Ich fühlte mich auf einmal nicht mehr so einsam.

In der Wohnung war es schön warm. Ich schaute hoffnungsvoll auf mein Handy, dass ich zuhause auf der Ladestation gelassen hatte. Es war kein Anruf eingegangen. Ich schüttelte traurig den Kopf. Ich wollte aber nicht wieder anrufen. Ich war zu stolz, um Ben hinterher zu laufen.

Ich ließ mir ein Bad ein und genoss die Wärme. Ich hoffte, dass ich nicht wirklich krank wurde. Ich wollte nicht schon wieder ausfallen und Simone im Geschäft allein lassen. Ich schob meine Müdigkeit auf den Klimaunterschied zu Spanien.

In der nächsten Woche fühlte ich mich weiterhin nicht wohl. Ich hatte keinen Appetit und war abends einfach nur ausgelaugt.

Am Freitag traf ich Renate im Treppenhaus.

„Was ist denn mit Dir los?" wollte sie wissen. „Man hört und sieht nichts von Dir. Alles okay?"

„Mir geht es gut Renate. Ich bin nur ständig so müde. Außerdem bin ich so enttäuscht. Ich habe schon seit über einer Woche nichts von Ben gehört. Das macht mich fertig", antwortete ich.

„Soll ich ihn mal anrufen. Ich könnte einfach mal fragen, ob im Haus alles in Ordnung ist.

Außerdem muss ich ihn sowieso informieren, dass ich demnächst nach Spanien komme!"

„Würdest Du das machen?" fragte ich hoffnungsvoll. „Dann weiß ich wenigstens, dass nichts passiert ist."

Renate nickte. „Komm doch mit zu mir. Dann kannst Du gleich hören was los ist!"

Renate zog mich hinter sich her. Sie holte mir ein Glas Wasser und deutete auf ihr Sofa. Dann holte sie ihr Telefon und wählte Bens Nummer.

Nach einer Weile legte sie wieder auf.

„Komisch. Es geht keiner dran und auch der Anrufbeantworter springt nicht an."

„Genau wie letzte Woche auch. Er ist einfach nicht erreichbar." Ich konnte mir daraus keinen Reim machen.

Renate bemerkte mein enttäuschtes Gesicht und sagte plötzlich: „Ich weiß was ich mache. Ich rufe Brigitte Alvarez an. Sie weiß immer genau über alles Bescheid. Ich werde sie fragen, ob sie Ben gesehen oder etwas gehört hat!"

Kaum hatte sie es ausgesprochen, da nahm sie erneut das Telefon. Sie grinste, als sie eine Nummer wählte.

„Hallo Brigitte! Ich bin es, Renate!" sagte sie und setzte sich neben mich.

Sie unterhielt sich eine Weile mit Brigitte Alvarez und teilte ihr mit, dass sie in Kürze nach Spanien kam. Sie verabredeten ein Treffen und Renate sagte, dass sie sich schon sehr auf den Urlaub freuen würde.

Ich wurde langsam ungeduldig. Renate schaute zu mir und sagte dann nach einer Weile: „Sag mal Brigitte, ich versuche schon eine Weile meinen Mieter Ben Förster zu erreichen. Er meldet sich nicht. Weißt Du was los ist?"

Brigitte Alvarez antwortete etwas und Renate nickte. Ich konnte kaum abwarten, bis sie nach ein paar Minuten endlich das Gespräch beendete.

„Was ist los mit Ben?" fragte ich sofort.

„Es geht ihm jedenfalls gut. Brigitte hat ihn zusammen mit Marisa Moreno in der Stadt getroffen. Sie saßen zusammen in einem Straßencafé!"

Mir wurde schlecht. Ich schaffte er gerade noch bis in Renates Badezimmer. Dann musste ich mich übergeben.

„Ach Mädchen. Es tut mir leid, dass Dich das alles so mitnimmt. Du liebst diesen Mann wirklich, nicht wahr?" sagte Renate, als ich wieder ins Wohnzimmer kam.

Ich konnte nur nicken und musste weinen.

Renate nahm mich in den Arm und streichelte mich.

„Es war Dir doch auch selbst schon klar, dass diese Beziehung keine Chance hat. Die Distanz ist einfach zu groß. Trotzdem muss ich sagen, dass ich Ben Förster mehr Charakter zugetraut hätte. Sein Verhalten ist wirklich nicht schön!"

Ich hatte das Gefühl, dass ich in ein tiefes Loch fallen würde. Ich hörte Renates Stimme nur noch wie aus weiter Ferne. Für mich brach eine Welt zusammen. Ich hatte mich doch in Ben getäuscht. Er saß gesund und munter mit dieser Frau im Café und ich wurde hier in Deutschland verrückt vor Sorge und Eifersucht.

„Ich weiß jetzt Bescheid Renate!" sagte ich und wischte mir die Tränen aus dem Gesicht. „Danke, dass Du das für mich herausgefunden hast. Ich werde Ben nicht mehr hinterherlaufen."

„Du kommst darüber hinweg. Es gibt doch so viele nette Männer auf der Welt. Der Richtige kommt noch! Da bin ich sicher!" antwortete Renate. Sie nickte mir aufmunternd zu.

Ich hatte plötzlich das Gefühl, ich muss allein sein. Ich stand auf und verabschiedete mich von Renate.

„Wann fliegst Du denn nach Spanien?" fragte ich, als ich schon im Treppenhaus stand.

„In sechs Wochen. Ich bleibe drei Wochen dort und versuche der dunklen Jahreszeit zu entfliehen. An Weihnachten bin ich aber wieder in Deutschland."

Ich lächelte ihr zu. Wir nahmen uns noch einmal in den Arm.

In meiner Wohnung überkamen mich eine unendliche Traurigkeit und das Gefühl der Einsamkeit. Ich schaute wütend auf mein Handy und nahm mir vor, Ben auf keinen Fall noch einmal anzurufen.

Ich ging früh ins Bett und hoffte, dass ich meine Trauer einfach wegschlafen konnte. Aber am nächsten Morgen war ich müde und hatte keine Lust aufzustehen. Der Gedanke mich anziehen zu müssen und ins Geschäft zu gehen, war unerträglich. Ich konnte Simone aber nicht am Samstag allein lassen. Also quälte ich mich aus dem Bett, zog mich an und legte ein leichtes Makeup auf, damit man nicht sah, dass ich am Vortag viel geweint hatte.

Der Vormittag lief wie im Film vor mir ab. Ich bediente die Kunden und versuchte im Büro ein paar Dinge zu erledigen. Simone fragte zwischendurch ob etwas passiert sei, ich konnte ihr aber nicht sagen was mich bedrückte. Sonst hätte ich wieder angefangen zu weinen. So sagte ich nur, dass ich Probleme mit dem Magen hätte. Sie nickte nur und fragte nicht weiter nach.

Als ich am Nachmittag die Wohnungstür öffnete, klingelte mein Telefon. Mein Herz klopfte bis zum Hals.

Ich war ganz außer Atem, als ich mich meldete. Es war Frank. Enttäuscht ließ ich mich mit dem Telefon auf die Couch fallen.

„Hast Du morgen Zeit? Sollen wir eine Wanderung machen? Du musst mal raus und an die frische Luft. Wie wäre es, wenn wir zum Drachenfels fahren?" fragte Frank.

„Ich weiß nicht. Irgendwie habe ich keine richtige Lust!" antwortete ich.

„Morgen soll ein schöner sonniger Tag werden. Komm aus Deinem Schneckenhaus. Eine Wanderung wird Dir gut tun!" Frank ließ nicht locker.

„Na gut!" antwortete ich müde. „Wann soll es losgehen?"

„Ich hole Dich um zehn Uhr ab. Ich bringe einen gut gefüllten Rucksack mit. Du brauchst Dich um nichts zu kümmern!"

Als ich aufgelegt hatte merkte ich, dass ich mich doch auf die Wanderung freute. Ich konnte unmöglich nur noch Zuhause sitzen und warten, ob Ben sich nicht doch noch einmal meldete.

Am Sonntagmorgen stand ich früh auf. Ich machte mir einen Kaffee und zwang mich ein Toast zu essen. Ich hatte schon seit Tagen keinen Appetit. Meine Wanderhose war sehr weit geworden. Ich hatte bestimmt ein paar Kilo abgenommen. Ich schob es auf den Kummer.

Heute wollte ich den Tag genießen. Es war noch ziemlich kühl, aber die Sonne kam schon hinter der Häuserreihe zum Vorschein. Ich holte meinen Rucksack aus dem Schrank und steckte eine Flasche Wasser und eine Packung Kekse sowie etwas Obst hinein.

Kurz darauf klingelte es auch schon an der Haustür. Ich zog meine Jacke an und lief die Treppen hinunter. Frank saß im Auto und hupte als er mich sah. Er hatte keinen Parkplatz gefunden. Ich stieg schnell ein, damit er nicht länger die Einfahrt zur Tiefgarage versperrte.

An der nächsten Ampel beugte er sich zu mir hinüber und küsste mich auf die Wange.

„Schön, dass Du mitkommst. Ich habe unsere Wanderungen vermisst", sagte er.

„Heike ist ja höchstens ein paar Schritte zum Shoppen gelaufen!" antwortete ich und musste lächeln.

Frank verzog gequält das Gesicht und lachte dann auch.

„Eigentlich haben wir überhaupt nicht zusammen gepasst. Das ist mir ziemlich schnell klar geworden, nachdem wir zusammen gezogen sind." Frank schüttelte den Kopf. „Sie hat übrigens schon wieder einen Neuen."

Ich schaute überrascht zu ihm hinüber.

„Wahrscheinlich ist er auch wieder verheiratet!"
antwortete ich. Frank nickte.

Wir fuhren eine Weile auf der Autobahn. Es wurde
langsam wärmer. Als wir später durch die kleinen
Ortschaften fuhren, war ich froh, dass ich
mitgefahren war. Ich hatte die Ausflüge und
Wanderungen mit Frank auch vermisst.

Wir bogen auf einen Wanderparkplatz ab. Wir
nahmen unsere Rucksäcke aus dem Kofferraum
und gingen zu einer Tafel auf der mehrere
Wanderwege markiert waren. Wir wählten den
längsten Weg, mit fast zwanzig Kilometern. Wir
würden den ganzen Tag unterwegs sein. Frank ließ
mich in seinen Rucksack schauen. Verhungern
würden wir nicht. Er hatte verschiedene Leckereien
und sogar eine Flasche Wein mitgenommen.

Das erste Stück des Weges ging steil bergauf. Ich
war außer Atem, als wir nach einer halben Stunde
eine kurze Pause einlegten.

„Jetzt merke ich, dass wir länger nicht gewandert
sind!" sagte ich und versuchte meinen Puls zu
beruhigen, indem ich langsam atmete.

Frank schaute zu mir und fragte: „Möchtest Du
einen Schluck Wasser? Es wird schon ganz schön
warm!" Ich nickte. Er reichte mir seine
Wasserflasche. Als ich sie ihm zurückgeben wollte
nahm er meine Hand und zog mich an sich.

Er versuchte mich zu küssen. Ich versuchte mich aus seiner Umarmung zu lösen.

„Bitte nicht Frank! Ich bin nicht bereit für eine Wiederholung unserer Beziehung. Lass es bitte so wie es ist!"

„Entschuldige, aber ich hatte auf einmal große Lust Dich zu küssen. Ich wünschte, es könnte so sein wie früher!" Frank seufzte. „Was ist eigentlich mit diesem Mann aus Spanien? Wann seht ihr euch wieder?"

„Ich weiß nicht wann und ob wir uns wiedersehen, aber das hat nichts mit uns zu tun!" antwortete ich müde. „Ich möchte jetzt auch nicht weiter darüber reden!" Ich ging ein paar Schritte weiter auf dem Wanderweg und winkte Frank.

„Komm, lass uns weiter laufen. Wir haben noch eine lange Strecke vor uns!" rief ich ihm zu.

Es wurde ein wirklich schöner Tag. Am Mittag machten wir eine längere Pause an einer Bank, von der man eine wunderschöne Aussicht in das Tal und auf den Rhein hatte. Wir breiteten unsere Speisen auf dem Holztisch vor der Sitzbank aus. Frank öffnete die Flasche Wein. Er hatte Plastikbecher mitgenommen. Die füllte er jetzt mit dem Rotwein und prostete mir zu.

„Es ist wie früher. Ich genieße es sehr, mit Dir hier zusammen zu sein", sagte Frank und trank einen Schluck Wein.

Ich nickte. Ich fühlte mich heute sehr wohl. Die Müdigkeit war verschwunden. Auch die Übelkeit war heute nicht so schlimm. Ich konnte sogar etwas von dem Schinken und dem Brot essen. Auch ein Stück Käse und Tomaten hatte Frank mitgenommen. Zum Nachtisch aßen wir meine Kekse.

Wir kamen am späten Nachmittag wieder an dem Wanderpark an. Es standen jetzt viele Autos hier. Das schöne Wetter hatte einige Wanderer aus dem Haus gelockt.

„Ich habe richtig Heißhunger auf eine Pizza!" sagte ich zu Frank. Darf ich Dich für diesen schönen Ausflug einladen?"

Frank nickte erfreut. „Ja gerne. Sollen wir zu Luigi fahren?" Das war unser Lieblingsitaliener. Hier gab es noch einen richtigen Steinofen und die Pizza schmeckte herrlich. Auf der Rückfahrt knurrte mein Magen und ich konnte die Pizza förmlich schon riechen.

Wir hatten Glück. Bei Luigi war es voll wie immer. Er schob einen großen Tisch auseinander und machte so zwei kleine Tische daraus. So konnten wir gleich Platz nehmen. Er sagte erfreut: „Schön das Ihr mal wieder hier seid! Ich habe Euch lange nicht gesehen!"

„Jetzt kommen wir wieder öfter!" Frank kam mir zuvor und zwinkerte mir zu.

Ich schaute mich in der Pizzeria um und traute meinen Augen nicht. In einer Ecke des Restaurants saß Heike mit einem gutaussehenden Mann. Frank konnte sie nicht sehen. Er saß mit dem Rücken zu ihr. Heike hatte mich fast im gleichen Moment entdeckt und schaute schnell wieder zu ihrem Gegenüber. Ich versuchte sie zu ignorieren. Ich war trotzdem verunsichert und froh, als Luigi uns die Pizza brachte. Sie schmeckte herrlich.

Aus dem Augenwinkel sah ich, wie der Mann an Heikes Tisch bezahlte. Dann standen Beide auf und verließen das Lokal. Heike schaute nicht noch einmal in meine Richtung. Ich konnte aber sehen, wie unangenehm ihr die Situation war. Ich atmete auf und konzentrierte mich wieder auf mein Essen. Frank und ich blieben noch eine ganze Weile sitzen. Nach dem Espresso bezahlte ich, wie versprochen, die Rechnung. Frank fuhr mich noch nach Hause und dann gleich weiter zu seinem Appartment.

Ich schleppte mich durch das Treppenhaus. Morgen würde ich sicher Muskelkater haben. Aber es war ein schöner Tag. Mir ging es deutlich besser.

In den nächsten Wochen war im Geschäft viel zu tun. Ich hatte kaum Zeit an Ben zu denken. Einmal dachte ich, ich hätte ihn vor meinem Laden gesehen. Aber es war nur Jemand, der ihm ähnlich sah.

Ich traf mich ein paarmal mit Frank. Wir gingen ins Kino und zum Bowling. Er machte noch einmal den Versuch mich zu küssen, sah dann aber ein, dass ich es nicht wollte.

In der nächsten Woche wollte Renate nach Spanien fliegen. Sie brachte mir am Vortag der Abreise ihren Schlüssel und bat mich, die Post wie immer in die Wohnung zu bringen.

„Soll ich Ben etwas sagen, wenn ich ihn sehe? Er ist ja sicher auch im Haus?" fragte Renate.

Ich wusste nicht, ob Ben in der Zwischenzeit schon in sein eigenes Haus gezogen war. Der Notartermin war ja bereits gewesen.

Ich schüttelte den Kopf. „Nein Renate. Ich habe ihm nichts mehr zu sagen."

Ich wünschte ihr noch eine gute Reise und bat sie die Familie Alvarez zu grüßen. Alejandro hatte vor zwei Wochen einmal angerufen. Er hatte sein neues Semester begonnen. Wir hatten verabredet, uns einmal in Köln zu treffen. Er wollte sich melden.

Am Abend wollte ich mir eine Suppe aufwärmen. Auf einmal wurde mir übel. Ich musste mich wieder einmal übergeben. So langsam machte ich mir Sorgen. Ich hatte bestimmt ein Magengeschwür. Der Stress der letzten Wochen war schuld daran.

Als ich am nächsten Tag im Geschäft ankam, machte ich mir erst einmal einen Tee.

Simone kam ins Büro und schaute mich besorgt an. „Du siehst schon wieder so blass aus. Ist Dir wieder schlecht?"

Ich nickte. „Ich gehe mal zum Arzt. Es wird gar nicht besser."

„Hast Du mal überlegt, ob Du nicht zum Frauenarzt gehen solltest? Vielleicht bist Du schwanger?" sagte Simone und schaute mich fragend an.

Mir wurde schwarz vor Augen. Ich musste mich setzen. Wie dumm war ich denn gewesen? Natürlich konnte das sein. Ich hatte in der Zeit nach der Trennung von Frank, ein paarmal die Pille vergessen. Und in Spanien hatte ich sie auch nicht immer zur gleichen Zeit genommen.

Ich nahm mein Handy aus meiner Tasche und suchte nach der Telefonnummer meiner Frauenärztin. Ich bekam einen Termin ein paar Tage später.

Ich war nervös. Was sollte ich denn machen, wenn ich wirklich schwanger war? Am Abend schaute ich mir vor dem Spiegel meinen Bauch an. Noch konnte man nichts erkennen. Das beruhigte mich etwas.

Ich kochte mir etwas zu essen und stellte danach die Spülmaschine an. Als ich kurze Zeit später in die Küche kam, hatte sich eine große Wasserlache rund um die Spülmaschine gebildet.

„Auch das noch!" stöhnte ich und schaltete sie schnell aus. Irgendein Defekt war schuld an dem Problem. Ich wischte das Wasser weg und nahm mir vor, gleich am nächsten Tag einen Techniker anzurufen.

Nach mehreren Versuchen den Techniker zu erreichen, hatte ich endlich Erfolg. Leider war sein Termin fast zur gleichen Zeit, wie der Termin bei meiner Ärztin. Ich sagte trotzdem erst einmal zu. Ich war froh, dass er überhaupt so schnell kommen konnte.

Ich rief Frank an und fragte ihn, ob er dem Handwerker öffnen könnte. Renate fiel ja aus. Frank sagte zu. Er holte sich am Abend den Schlüssel zu meiner Wohnung im Geschäft ab.

Am Tag der Untersuchung bei meiner Frauenärztin war ich furchtbar nervös. Ich konnte in der Nacht kaum schlafen. Es konnte und durfte einfach nicht sein, dass ich schwanger war.

Im Wartezimmer saßen mehrere Frauen. Eine hochschwangere Frau lächelte mir zu. Sie strich sich glücklich über den Bauch.

„Hallo Frau Steiner. Wie geht es Ihnen?" fragte die Ärztin. Sie bat mich Platz zu nehmen und tippte etwas in ihren Computer.

„Mir ist in den letzten Wochen sehr häufig übel. Besonders morgens. Außerdem fühle ich mich oft müde und abgeschlagen", sagte ich.

Sie rief die Arzthelferin und bat mich eine Urinprobe abzugeben. Danach musste ich mich auf den Behandlungsstuhl setzen. Das war mir schon immer sehr unangenehm. Sie untersuchte mich gründlich. An ihrem Gesichtsausdruck versuchte ich heraus zu finden, was mit mir los war. Sie verzog keine Miene.

Die Arzthelferin kam in den Raum und legte einen Zettel auf den Schreibtisch. Die Ärztin stand auf und schaute darauf. Anschließend machte sie noch eine Ultraschalluntersuchung. Dann lächelte sie.

„Herzlichen Glückwunsch Frau Steiner. Sie sind schwanger."

Sie drehte den Monitor des Ultraschallmonitors in meine Richtung. Ich konnte den Herzschlag meines Kindes sehen. In diesem Moment erfüllte mich ein solches Glücksgefühl, wie ich es noch nie gefühlt hatte. Ich war schwanger. Ich bekam ein Baby. Ich musste weinen.

„Alles in Ordnung?" fragte die Ärztin. „Sie wollen doch das Kind, oder?"

In diesem Moment antwortete ich aus voller Überzeugung: „Natürlich. Ich bin überglücklich. Auch wenn das alles ziemlich überraschend und zu einem unpassenden Zeitpunkt passiert ist!"

Ich bekam einen Mutterpass und Informationsmaterial, wie ich mich in den nächsten Monaten verhalten sollte. Außerdem gab mir die Arzthelferin eine Liste von Möglichkeiten für

Schwangerschaftsgymnastik und Hilfestellen für alleinerziehende Frauen.

Als ich wieder auf der Straße stand, war ich völlig durcheinander. Ich wusste nicht mehr wo ich das Auto geparkt hatte. Ich musste mich erstmal eine Weile beruhigen. Ich legte meine Hand auf meinen Bauch und zitterte vor Freude.

Als ich etwas später die Wohnungstür aufschloss, kam mir Frank entgegen.

„Der Handwerker ist vor zehn Minuten gegangen. Er konnte die Maschine reparieren. Die Rechnung schickt er Dir dann zu!" sagte er.

„Danke, dass Du hier warst und ihn herein gelassen hast!" sagte ich und küsste ihn auf die Wange.

Ich ging in die Küche und nahm mir ein Glas Wasser. „Möchtest Du auch etwas trinken?" fragte ich Frank.

„Hast Du ein Bier?" Ich nickte und holte eine Flasche aus dem Kühlschrank.

Er trank gleich einen großen Schluck aus der Flasche. Dann sah er mich an und fragte: „Wie war Dein Arzttermin. Alles in Ordnung mit Dir?"

„Ich bin nicht krank. Ich bin schwanger!" antwortete ich. Frank schaute mich ungläubig und geschockt an.

„Schwanger? Von dem Schriftsteller?" fragte er.

„Ja. Er ist der Vater!" Als ich es aussprach, wurde ich plötzlich sehr traurig.

In meinem Kopf ging alles drunter und drüber. Ich freute mich so, dass ich ein Baby bekam. Ich hatte aber auf einmal große Zukunftsängste. Was sollte aus dem Geschäft werden, nachdem das Baby auf der Welt war? Sollte ich Ben informieren, dass er Vater wurde? Ich hatte tausend Fragen und keine Antwort. Ich hatte Angst, das alles nicht zu schaffen.

Frank trank einen großen Schluck Bier und stellte dann die Flasche auf den Tisch. Er sah mich lange an und sagte dann traurig: „Das hätte auch unser Kind sein können. Ich merke jetzt erst, was für einen großen Fehler ich gemacht habe. Aber ich bin für Dich da. Wenn Du Hilfe brauchst, dann melde Dich einfach!"

Er stand auf und kam auf mich zu. Er nahm mich in den Arm. So standen wir eine ganze Weile und sprachen Beide kein Wort. Es war alles gesagt. Eine große Ruhe erfüllte mich plötzlich. Es würde schon alles gut gehen. Ich hatte schon andere Hürden genommen. Und ich wusste, dass ich eine gute Mutter werden würde.

Frank ließ mich los und nahm seine Jacke, die er über einen Stuhl gelegt hatte.

„Pass auf Dich auf und wenn irgendetwas ist, dann melde Dich." Er gab mir meinen Schlüssel zurück und zog die Wohnungstür hinter sich zu.

Ich rief Simone an und sagte ihr, dass ich heute nicht mehr ins Geschäft kommen würde.

„Ist alles okay. Was hat die Ärztin gesagt?" fragte Simone direkt.

„Du hattest Recht. Ich bin schwanger!" sagte ich stolz.

Ich hörte wie Simone jubelte. Dann sagte sie ganz außer Atem: „Meinen herzlichen Glückwunsch. Das ist ja ganz wunderbar. Weiß Frank es schon?"

Ich war etwas irritiert, aber Simone wusste ja nichts von Ben.

„Frank ist nicht der Vater!" antwortete ich. Es entstand eine kurze Stille und dann sagte Simone: „Es ist auf jeden Fall ein großes Glück ein Baby zu bekommen. Ich hoffe, dass es bei mir auch bald klappt!" Sie seufzte. Ich wusste, dass sie und ihr Mann auch ein Kind wollten.

„Ich hoffe es auch für Dich. Hab einfach Geduld. Man kann es nicht erzwingen. Du bist doch auch noch so jung", antwortete ich. „Ich bin morgen früh wieder im Geschäft, dann reden wir weiter!"

„Nochmal herzlichen Glückwunsch Andrea. Mach Dir keine Gedanken, ich schaffe das im Laden auch allein. Wenn Du noch zuhause bleiben willst, dann sag doch einfach Bescheid!"

„Du bist ein Schatz Simone, ich danke Dir und melde mich morgen nochmal!"

Nachdem ich aufgelegt hatte, musste ich einfach noch mit Renate sprechen und ihr die Neuigkeit mitteilen.

Ich rief sie an. Sie ging direkt an ihr Handy und fragte sofort: „Ist etwas passiert?"

Ich schluckte und sagte dann: „Ja, aber etwas Schönes. Ich muss es Dir gleich sagen. Ich bekomme ein Baby. Ich weiß es seit heute Morgen. Ich war beim Arzt!"

„Das ist ja eine Überraschung. Ich gratuliere Dir von ganzem Herzen. Bist Du glücklich?" sagte sie.

„Ich kann es noch gar nicht richtig glauben, aber ich freue mich sehr. Jetzt weiß ich auch, warum mir in den letzten Wochen immer so übel war." Ich musste lächeln.

„Willst Du es Ben sagen? Er ist doch der Vater?" fragte Renate vorsichtig.

„Ja, er ist der Vater. Aber ich werde es ihm nicht sagen. Und Du auch nicht, falls Du ihn siehst. Ich möchte nicht, dass er sich verpflichtet fühlt."

„Natürlich werde ich nichts sagen!" Renate war etwas beleidigt.

Deshalb sagte ich sofort: „Das weiß ich doch. Ich werde es auch allein schaffen. Ich bin doch nicht die erste alleinerziehende Frau, die so etwas hinbekommt!"

„Ich habe Ben übrigens nicht gesehen. Die obere Wohnung ist nicht bewohnt. Er scheint nicht da zu sein. Die Miete ist aber wie immer eingegangen", antwortete Renate.

Ich war sicher, dass er schon in sein Haus gezogen war. Ich erwähnte seinen Hauskauf aber nicht. Das sollte er Renate selber sagen.

„Du schaffst das schon Andrea. Und in ein paar Wochen bin ich ja auch wieder da. Ich freue mich schon, Dir helfen zu können. Pass auf Dich auf. Ich rufe in ein paar Tagen nochmal an. Vielleicht gibt es dann ja etwas Neues über Ben."

Ich wusste gar nicht, ob ich diese Neuigkeiten wissen wollte. Vielleicht war er ja mit dieser Marisa zusammen. Oder er hatte noch andere Beziehungen? Was wusste ich denn eigentlich über ihn? In den paar Tagen, wo wir zusammen waren, hatte er ja nicht viel über sich erzählt. Aber ich hatte ihm vertraut und ich war sehr verliebt. Das wusste ich genau.

Ich setzte mich ins Wohnzimmer und blätterte die Informationsbroschüren durch. Dann ging ich in mein Büro und überlegte, wie ich dort ein Kinderzimmer einrichten könnte.

Ein großes Glücksgefühl durchströmte mich. Hier würde in ein paar Monaten mein Kind schlafen.

Die Ärztin hatte den Geburtstermin auf Ende Juni ausgerechnet. Ich hatte jetzt im November noch genug Zeit, alles einzurichten und auch für das Geschäft ein paar Dinge zu regeln.

In den nächsten Tagen war ich nur sporadisch im Geschäft. Ich war damit beschäftigt, mich zur Schwangerschaftsgymnastik anzumelden und ich war auf der Suche nach einer Hebamme. Außerdem traf ich mich mit einer Bekannten, die letztes Jahr einen Jungen bekommen hatte. Sie sollte mir bei der Auswahl des passenden Krankenhauses helfen.

Ich kannte Bettina durch einen Kollegen von Frank. Wir trafen uns in einem Café. Sie brachte ihren Sohn Paul mit. Er war jetzt fast ein Jahr alt und zuckersüß. Die Vorstellung, bald selbst ein Baby in den Armen zu halten, war unbeschreiblich schön.

Sie nahm mich zur Begrüßung in den Arm und entschuldigte sich, dass sie sich nicht mehr gemeldet hatte, seit Paul auf der Welt war.

„Du hattest sicher genug zu tun. Das ist doch kein Problem. Es wäre nur schön, wenn wir uns in Zukunft öfter treffen könnten?" fragte ich.

Bettina nickte erfreut und sagte dann: „Ich freue mich so für Dich und Frank. Im wievielten Monat bist Du denn?"

Ich erschrak, als sie Franks Namen erwähnte. Sie wusste ja nur, dass ich schwanger bin, aber nicht von wem.

Ich schluckte und dann antwortete ich: „Das Kind ist nicht von Frank. Wir sind schon eine ganze Weile nicht mehr zusammen!"

„Oh, ich wusste gar nicht, dass ihr Euch getrennt habt. Max hat nie was gesagt."

Max war Bettinas Mann. Er und Frank waren früher Kollegen in derselben Wache im Kölner Norden. Wir waren uns ein paar Mal auf irgendwelchen Feiern begegnet. Bettina und ich hatten uns damals auf Anhieb verstanden.

„Ich habe im Urlaub einen Mann kennengelernt und mich verliebt. Dann ist es passiert. Ich war schon immer etwas nachlässig mit der Pilleneinnahme." Ich schaute etwas schuldbewusst und Bettina musste lachen.

„Vielleicht war es ja gar nicht Nachlässigkeit. Manche Frauen haben im Unterbewusstsein einen großen Kinderwunsch."

In dem Moment, als sie es aussprach, wusste ich, dass sie den Nagel auf den Kopf getroffen hatte. Ich war über Dreißig und hatte mir immer gewünscht, dass Frank mich heiratete und wir Kinder bekommen würden. Aber Frank wollte unabhängig sein. Er hatte einmal gesagt, dass man keine Kinder in die heutige Welt setzen sollte.

„Habe ich Recht?" fragte Bettina jetzt und schaute mir in die Augen. Ich nickte.

Paul fing an zu quengeln. Bettina nahm ihn aus dem Kinderwagen. Sie reichte ihn mir und lächelte.

„Komm, Du kannst schon mal üben!"

Es war so schön, den kleinen Kerl im Arm zu halten. Er strampelte etwas und griff mit seinen kleinen Händchen nach meinen langen Haaren.

Der Kellner kam mit unseren Getränken und Bettina nahm mir Paul wieder ab. Sie hatte ein Gläschen mit Kindernahrung dabei und fütterte ihn. Danach legte sie ihn wieder in den Kinderwagen. Paul spielte zufrieden mit einem Stoffhasen. Bettina und ich konnten uns jetzt in Ruhe unterhalten.

Sie gab mir einige nützliche Tipps und wir versprachen uns zum Abschied, dass wir uns in Zukunft regelmäßig treffen wollten.

Im Dezember war im Geschäft mal wieder die Hölle los. Ich machte richtig gute Umsätze, war aber abends todmüde. So langsam konnte man schon die Schwangerschaft erkennen. Meine Hosen spannten über dem Babybauch. Ich hatte im Laden auch eine kleine Kollektion an Umstandsmoden. Hier kleidete ich mich neu ein.

Frank besuchte mich ein paar Mal im Geschäft um zu fragen, wie es mir geht. Er erledigte auch ein paar Dinge für mich und war eine große Hilfe.

An einem Vormittag, als Frank einmal wieder im Geschäft war, streichelte er mir über den Bauch und fragte: „Hast Du einmal versucht, den Vater des Babys zu erreichen?"

Ich schüttelte den Kopf und schaute aus dem Schaufenster. In diesem Moment hatte ich das Gefühl, dass Ben draußen stand und in den Laden schaute. Ich konnte ihn aber nicht genau erkennen, weil eine Schaufensterpuppe die Sicht einschränkte. Ich ging zur Ladentür und schaute auf den Bürgersteig. Aber dort war Niemand mehr. Wahrscheinlich hatte ich mich getäuscht und nur gewünscht, dass Ben einmal hier auftauchte.

Renate kam am ersten Advent wieder zurück nach Deutschland. Sie war gut erholt und lud mich zum Kaffee ein. Ich kaufte Kuchen und klingelte am Nachmittag bei ihr.

„Mädchen, man kann ja schon etwas Bauch erkennen!" sagte sie erstaunt. „Wie geht es Dir denn?"

„Eigentlich ganz gut. Die morgendliche Übelkeit ist verschwunden. Ich fühle mich wohl. Jedenfalls körperlich!" sagte ich.

Renate nahm meine Hand.

„Danke, dass Du Dich um die Post und die Blumen gekümmert hast. Ist Dir der wattierte Umschlag aufgefallen?" fragte sie.

„Ja, den hat Jemand in den Briefkasten geworfen. Es war aber keine Briefmarke und keine Absender darauf!" antwortete ich und sah sie fragend an.

„Der Umschlag war von Ben. Er hat mir den Wohnungsschlüssel von Spanien, mit einem kurzen Anschreiben, eingeworfen!"

„Er war hier in Deutschland und im Haus?" fragte ich fassungslos.

Ich hatte das Gefühl, ich würde ohnmächtig. Das konnte doch unmöglich sein. Er stand hier vor meiner Tür und hatte sich nicht gemeldet. Ich war enttäuscht und wütend. Was war er bloß für ein Mensch?

„Er hat mir geschrieben, dass er sich ein Haus in Spanien gekauft hat. Er hat gekündigt und sich für die schöne Zeit in meinem Haus bedankt." Renate schaute traurig. „Wir haben uns in Spanien verpasst. Er war wohl in dieser Zeit in Deutschland und hat den Umschlag einfach eingeworfen!"

„Aber er wusste doch, dass wir Nachbarn sind. Warum hat er mich nicht sehen wollen? Was habe ich ihm denn getan?" Ich konnte das alles nicht fassen.

„Seine Handynummer ist übrigens nicht mehr erreichbar!" sagte Renate. „Ich habe versucht ihn mehrfach anzurufen, auch als ich in Spanien war. Die Nummer ist nicht mehr vergeben. Alles sehr merkwürdig!"

Ich konnte nur noch den Kopf schütteln.

Jemand der so gefühlvoll war und der so ein wunderschönes Buch über seine Frau geschrieben hatte, konnte so grausam sein.

Wie konnte ich mich so in Ben täuschen. Renate streichelte meine Hand. Es tat so gut sie wieder in meiner Nähe zu haben.

Ein paar Tage später rief mich Alejandro an. Er wollte mit ein paar Studienkollegen nach Köln. Sie wollten auf den Weihnachtsmarkt und er sich mit mir treffen.

Es war schön seine Stimme zu hören. Wir verabredeten uns für den folgenden Tag. Ich gab ihm die Adresse vom Geschäft. Er wollte mich dort abholen.

Kurz vor Ladenschluss öffnete sich die Tür. Ich schaute hoch und ging Alejandro lächelnd entgegen. Wir umarmten uns lange.

Er schaute ungläubig und sagte: „Wenn Du nicht in den letzten Wochen zu viel Schokolade gegessen hast, dann würde ich sagen, Du bist schwanger?" sagte er und deutete auf meinen Bauch.

Ich drückte ihn und flüsterte ihm ins Ohr: „Ich bin im vierten Monat!"

„Da es leider nicht von mir ist, darf ich fragen wer der Vater ist?" sagte Alejandro und zwinkerte mir zu.

„Das Kind ist von Ben!" sagte ich und schaute aus dem Fenster. Jedes Mal wenn ich seinen Namen nannte, erfüllte mich eine große Trauer. Er fehlte mir so.

„Verstehe! Und er will das Kind nicht?" fragte Alejandro.

„Er weiß gar nicht, dass ich schwanger bin!" antwortete ich.

Alejandro schaute erstaunt, deshalb redete ich gleich weiter: „Er hat sich, nachdem ich wieder in Deutschland war, nicht mehr gemeldet. Ich konnte ihn nicht erreichen, weil er sein Handy abgeschaltet hatte. Er war dann ein paar Wochen später hier in Köln und hat Renate ihren Wohnungsschlüssel aus Spanien in den Briefkasten geworfen. Er hat noch nicht einmal versucht, mich in dieser Zeit zu sehen!"

Mir kamen dir Tränen.

„Das kann ich kaum glauben. Ich habe von meiner Mutter gehört, dass er ein Haus auf der anderen Seite des Berges gekauft hat. Mittlerweile wohnt er dort."

„Allein?" fragte ich und hoffte, dass Alejandro mir mehr sagen konnte.

„Soviel ich weiß schon. Meine Mutter hat ihn wohl einmal mit Marisa gesehen. Aber mehr wusste sie auch nicht. Komisch, dass er sich nie mehr gemeldet hat. Ich hatte den Eindruck, dass er sehr in Dich verliebt ist!" Alejandro schaute mich an und schüttelte den Kopf.

„Darf ich Dich zum Essen einladen?" fragte er jetzt. Ich nickte, zog meinen Mantel an und schloss den Laden ab.

An der frischen Luft ging es mir langsam besser. Ich ging mit Alejandro in mein Lieblingsrestaurant. Hier ging ich oft in der Mittagspause essen.

Toni, der Besitzer begrüßte uns herzlich und schaute mich fragend an. Ich musste lachen.

„Nein Toni, dass ich nicht mein neuer Partner! Aber ein sehr guter und lieber Freund!" sagte ich.

Toni grinste und antwortete: „Dann habe ich ja vielleicht noch eine Chance. Ich nehme Dich direkt!"

„Alejandro antwortete: „Nicht vordrängeln. Ich bin auch interessiert!" Dann lachten wir alle herzlich. Mir ging es auf einmal sehr gut. Die Stimmung war herzlich und das Essen wie immer sehr lecker. Es wurde ein schöner Abend. Es wurde sehr spät.

Als ich wieder einmal gähnen musste, sagte Alejandro: „Jetzt aber ab ins Bett mit Dir. Du musst jetzt auch an das Baby denken!"

Alejandro bezahlte bei Toni und wir verabschiedeten uns vor der Tür. Er drückte mich fest und sagte: „Wenn Du Hilfe brauchst, dann melde Dich bei mir. Ich bin für Dich da!"

Als ich zu meinem Auto ging, fing es leicht an zu schneien. Das löste in mir ein ganz beruhigendes Gefühl aus. Weihnachten im nächsten Jahr würde ich schon mit meinem Kind verbringen. Und ich war nicht allein. Renate, Frank und auch Alejandro hatten mir ihre Hilfe angeboten. Auch Simone entlastete mich sehr im Geschäft. Später würde ich das Baby auch mit in den Laden nehmen können. Schließlich hatte ich eine Kindermode Boutique. Hier waren ständig Kinder. Ich fühlte mich auf einmal großartig. Alles würde gut werden, auch ohne Ben.

In der Straße, wo ich das Auto geparkt hatte, gab es eine Buchhandlung. Ich schaute in die Auslage und musste mich festhalten. Ich blickte direkt in Bens Gesicht. Sein neuer Roman war im Handel und gleich ein Bestseller. Ein Foto von ihm und ein Stapel seiner Bücher waren im Schaufenster ausgestellt. Ich konnte mich gar nicht von seinem Foto losreißen. Die Sehnsucht nach ihm war auf einmal riesengroß. Ich stand noch eine ganze Weile vor der Buchhandlung.

Der Schneefall nahm zu und ich begann zu frösteln. Ich ging schnell zum Auto und fuhr nach Hause.

Es war schon nach Mitternacht, als ich die Wohnungstür aufschloss. Nach einer heißen Dusche ging ich gleich ins Bett. Am nächsten Tag hatte ich einen Kontrolltermin bei meiner Frauenärztin. Ich freute mich schon auf die Ultraschalluntersuchung. Ich konnte das kleine Herz meines Kindes schlagen sehen. Das war jedes Mal wie ein Wunder. Ich streichelte über meinen Bauch und schlief sofort ein.

Ich fuhr am Morgen zuerst ins Geschäft und half Simone beim Auspacken der Kartons. Es war eine neue Kollektion geliefert worden. Wir mussten alles auf Bügel hängen oder in die Regale sortieren. Am frühen Nachmittag fuhr ich dann zu meiner Ärztin. Ich musste eine Weile warten. Ich war wie immer etwas nervös, als ich aufgerufen wurde. Nach der üblichen Untersuchung durfte ich mich auf eine Liege legen. Die Ärztin machte die Ultraschalluntersuchung und lächelte plötzlich.

„Möchten Sie wissen, was es wird Frau Steiner. Ich kann es heute genau sehen!" fragte sie.

Ich überlegte eine Weile und sagte dann: „Ja gerne! Ich bin so gespannt!"

„Sie bekommen ein Mädchen. Herzlichen Glückwunsch!" antwortete die Ärztin.

Sie reichte mir ein Tuch, damit ich das Ultraschallgel wegwischen konnte.

Sie gab mir noch ein paar Vitamintabletten mit und wir verabredeten einen Termin im nächsten Monat.

Als ich auf die Straße trat, musste ich erst einmal tief durchatmen. Ich würde ein kleines Mädchen bekommen und ich wusste auch wie sie heißen soll. Amelie. Diesen Namen fand ich schon immer wunderschön. Wenn ich mir früher einmal vorgestellt hatte, eine Tochter zu haben, dann fiel mir immer gleich dieser Name ein.

Ich teilte gleich Simone diese Neuigkeit mit, als ich kurze Zeit später wieder im Laden ankam. Zur Feier des Tages hatte ich uns ein Stück Torte von unterwegs mitgebracht. Wir kochten uns einen Kaffee und setzten uns ins Büro.

„Ich würde gern mit einem Glas Sekt anstoßen, aber ich darf ja keinen Alkohol trinken!" sagte ich zerknirscht. Simone grinste und meinte: „Ich schon!" Sie stand auf und holte eine Flasche Sekt aus dem Kühlschrank. Die hatten wir einmal von einem Vertreter geschenkt bekommen.

Sie nahm sich ein Glas und prostete mir zu. Ich streckte ihr spaßeshalber die Zunge heraus.

„Heute hat ein Mann angerufen. Er wollte Dich sprechen, hat mir aber seinen Namen nicht genannt!" sagte Simone.

„Was wollte er denn?" fragte ich, weil ich sofort an Ben gedacht hatte.

„Er hat nur gefragt, ob Du die Inhaberin bist. Er wollte sich wieder melden!" Simone zuckte die Schultern. „Wahrscheinlich wollte er nur etwas verkaufen!"

„Dann hätte er doch seinen Namen hinterlassen!" antwortete ich. „Na ja, er wird wieder anrufen, wenn er was will!"

Die Zeit bis Weihnachten verging wie im Fluge. Renate hatte mich eingeladen, mit ihr den Heiligabend zu verbringen. So waren wir Beide nicht allein.

Ich hatte für Renate ein schönes Tuch und ein Parfum gekauft. Ich bekam ein silbernes Armband von ihr. Außerdem hatte sie mir ein Fotoalbum gekauft. Sie hatte einen wunderschönen Text über Mütter und Töchter auf die erste Seite geschrieben.

Renate hatte eine Gans gebraten. Es roch schon im Treppenhaus köstlich nach den Speisen.

Nach dem Essen saßen wir noch lange zusammen und sprachen über die Zukunft.

„Weißt Du eigentlich, dass Ben wieder in Deutschland war?" fragte mich Renate.

Ich schüttelte den Kopf.

„Ich habe gestern mit Brigitte Alvarez telefoniert. Sie hat ihn auf dem Markt getroffen. Er war zur Vermarktung seines neuen Romans hier. Er hatte mehrere Lesungen und war auch in Köln."

„Ich habe letztens sein Foto und sein neues Buch in einer Buchhandlung gesehen. Es hat mich sehr verletzt, dass er sich nicht gemeldet hat. Aber er hat wohl seinen Grund, dass er auch seine Telefonnummer geändert hat. Er will keinen weiteren Kontakt. Das muss ich akzeptieren!" sagte ich traurig.

Es wurde trotzdem ein schöner Heiligabend. Wir lachten viel und als mich Renate zum Abschied in den Arm nahm, sagte sie: „Ich bin so stolz auf Dich, als ob ich Deine Mutter wäre. Du meisterst alles wunderbar."

„Danke Renate. Ich bin so froh, dass es Dich gibt. Ich bin oft traurig, dass meine Eltern nicht mehr da sind und ich keine Geschwister habe."

Wir drückten uns und brauchten nichts mehr zu sagen. Jede wusste, dass sie sich fest auf die Andere verlassen konnte.

Am zweiten Feiertag kam Frank vorbei. Wir hatten uns zu einem Spaziergang verabredet. Es war sehr kalt aber sonnig. Wir fuhren in den Stadtwald. Hier waren viele Spaziergänger unterwegs. Die Sonne lockte die Menschen nach draußen.

Wir liefen eine Weile schweigend nebeneinander her.

„Andrea willst Du wirklich das Kind allein aufziehen?" fragte Frank plötzlich. „Sollen wir es nicht noch einmal miteinander versuchen? Das Kind braucht doch eine Familie!"

Ich blieb stehen und schaute ihn verwundert an.

„Du wolltest doch nie Kinder. Und jetzt willst Du ein Kind von einem anderen Mann mit mir großziehen?" fragte ich.

Frank nickte langsam. Er schaute mir tief in die Augen.

„Ich glaube, dass wir das schaffen können. Ich will Dich einfach zurück. Ich werde das Kind schon irgendwann lieben können."

„Ach Frank. Das hat doch keine Zukunft. Ich liebe Dich nicht mehr so, wie es zwischen Mann und Frau sein sollte. Und meine Tochter kann ich auch allein großziehen. Das haben auch schon andere Frauen vor mir geschafft."

„Es wird ein Mädchen?" fragte Frank. Mir fiel ein, dass ich es ihm noch gar nicht erzählt hatte.

Ich nickte.

Frank schaute enttäuscht, aber er sagte nichts mehr. In seinem Gesicht konnte ich aber erkennen, dass er mich verstanden hatte.

Nach den Feiertagen traf ich mich wieder einmal mit Bettina. Sie kam in den Laden, weil sie neue Kleidung für Paul brauchte.

„Unglaublich wie schnell das Kind wächst!" sagte sie, nachdem wir uns begrüßt hatten.

„Das kannst Du laut sagen!" antwortete ich und zeigte auf meinen Bauch.

Sie grinste und sagte: „Warte nur bis Du Dich nicht mehr bücken kannst, um Deine Schuhe anzuziehen. Dann wird es erst richtig lustig!"

Ich verdrehte die Augen. „Ich kann es kaum erwarten!" sagte ich und zwinkerte ihr zu.

Wir durchstöberten den Laden. Bettina suchte ein paar entzückende Kleidungsstücke für Paul aus. Der krabbelte durch den Laden. Er konnte schon etwas laufen, war aber zu faul. Immer wieder fiel er auf die Knie, weil ihn das Krabbeln schneller vorwärts brachte. Irgendwann wurde es ihm zu langweilig und er fing an zu quengeln. Bettina versuchte ihn bei Laune zu halten, aber er weinte laut und ließ sich nicht mehr beruhigen. Bettina verabschiedete sich und sagte: „Das sind die Momente, wo ich ihn auch gern einmal abgeben würde."

„Ich nehme ihn gern einmal, wenn Du auch mal allein etwas unternehmen möchtest. Ruf einfach an."

Sie nickte, hob Paul auf den Arm und winkte mir zu.

Ende Januar machte ich ein paar Tage Urlaub. Das Weihnachtsgeschäft war gut gelaufen. Simone und ich hatten uns ein paar freie Tage verdient.

Ich wollte den Urlaub nutzen um mein Büro zu einem Kinderzimmer umzugestalten.

Frank und Martin, einer seiner Freunde, halfen den Schreibtisch in das Wohnzimmer zu tragen. Dort hatte ich eine Ecke frei gemacht. Es sah eigentlich ganz gut aus. Das Regal aus dem Büro stellten sie in eine Nische im Flur. Eine große Topfpflanze schenkte ich Renate.

Ich fuhr am nächsten Tag in die Stadt und suchte in einem Fachgeschäft eine Tapete mit Sternen und Elfen für das Kinderzimmer aus.

Die Möbel hatte ich schon in einem Katalog gefunden. Sie sollten im Frühling geliefert werden.

Mit Franks Hilfe tapezierte ich das ehemalige Büro. Frank verdrehte die Augen, als ich ihm die Tapete gezeigt hatte. Ich musste lachen und sagte: „Ich wollte ein paar Rollen mehr kaufen. Das wäre doch auch was für Dein neues Schlafzimmer!"

Frank hatte eine neue Wohnung gefunden. Er wollte im nächsten Monat umziehen. Das Appartment war auf Dauer viel zu klein.

Nachdem er akzeptiert hatte, dass ich nicht zu ihm zurückkomme, hatte er intensiv nach einer Wohnung gesucht. Seine neue Wohnung lag nur ein paar Straßen von meiner entfernt.

Als das Kinderzimmer fertig tapeziert war, setzte ich mich am Abend auf den Boden und schaute mich um. Unter dem Fenster sollte die Wickelkommode stehen. Das Kinderbettchen und ein kleiner Schrank passten ebenfalls in den Raum. Es würde wunderschön werden.

Am Abend hatte ich wieder meinem Schwangerschaftskurs. Wir machten Gymnastik und lernten etwas über Kinderkrankheiten und Ernährung. Die meisten Frauen waren mit ihren Männern gekommen. Bei der Gymnastik machten wir viele Partnerübungen. Eine junge Afrikanerin und ich waren allein dort. So machten wir ein paar Übungen gemeinsam. Sabia war Mitte Zwanzig. Sie bekam war schon ihr drittes Kind. Ihr Mann war nicht bereit, mit ihr zu dem Kurs zu gehen. In ihrem Heimatland war es nicht üblich, dass die werdenden Väter die Frauen begleiteten.

Es stimmte mich traurig, wenn ich sah, wie die Paare sich auf ihre Babys freuten. In diesen Momenten wünschte ich mir Ben an meiner Seite.

Als ich nach Hause kam, fühlte ich mich nicht wohl.

Ich schob es auf die Anstrengung der Gymnastik Übungen. Im Laufe des Abends bekam ich aber starke Unterleibschmerzen. Ich bekam Panik und klingelte bei Renate.

„Renate, ich habe Angst. Ich habe Schmerzen. Es fühlt sich an wie Wehen!" sagte ich voller Sorge.

„Hast Du Blutungen?" wollte sie gleich wissen.

„Nein, aber es krampft sich alles zusammen. Es tut sehr weh", antwortete ich.

„Ich rufe den Notarzt!" sagte Renate und ging ans Telefon. Sie erklärte ihrem Gegenüber, um was es ging. Dann kam sie zurück und versuchte mich zu beruhigen.

„Hab keine Angst. Der Notarzt kommt gleich. Es wird alles gut!"

Ich hatte große Angst, eine Fehlgeburt zu bekommen. Ich konnte keinen klaren Gedanken fassen. Als der Notarzt und die Rettungssanitäter kamen, war ich so aufgeregt, dass ich kaum meine Beschwerden schildern konnte.

Der Arzt untersuchte mich. Ich bekam eine Infusion und musste ins Krankenhaus gebracht werden. Dort sollten weitere Untersuchungen gemacht werden.

Renate fuhr mit ihrem Auto hinter dem Rettungswagen hinterher. Sie wollte mich nicht allein lassen. In der Notaufnahme wartete schon ein Frauenarzt auf mich.

Er untersuchte mich noch einmal gründlich und sagte dann: „Es ist alles in Ordnung. Dem Baby geht es gut. Aber sie müssen hier bleiben. Sie dürfen sich nicht überanstrengen und müssen Bettruhe einhalten. Sonst kommt ihr Baby viel zu früh. Das wollen wir doch nicht!"

In der Zwischenzeit war auch Renate eingetroffen, sie nahm mich in den Arm. Ich weinte vor Glück, dass erst einmal alles in Ordnung war.

Ich musste die nächsten drei Wochen im Krankenhaus bleiben. Ich bekam Infusionen und wurde regelmäßig untersucht. Das ich nicht ins Geschäft konnte, machte mich nervös. Aber wieder einmal half Renate aus. Ich vereinbarte mit Simone, dass der Laden montags geschlossen blieb, damit sie nicht so viele Überstunden machen musste. So hatten die Beiden alles im Griff und ich konnte endlich entspannen.

Im März hatte sich soweit alles stabilisiert, dass ich wieder nach Hause durfte. Ich musste Tabletten einnehmen und sollte mich schonen. Trotzdem ging ich vormittags ins Geschäft. Zuhause fiel mir die Decke auf den Kopf. Die Nachmittage verbrachte ich auf der Couch. In der nächsten Woche wurden die Möbel für das Kinderzimmer geliefert. Ich beobachtete die Männer beim Aufbau und sagte ihnen, wo sie die Möbel aufstellen sollten. Das Zimmer sah wunderschön aus. Alles war jetzt fertig.

Es waren auch nur noch drei Monate, bis zum errechneten Termin. Mein Bauch war schon ziemlich angewachsen und ich bekam Rückenschmerzen.

Im Mai wurde es richtig warm. Es fiel mir immer schwerer die Treppen zu steigen. Ich musste alles langsam machen um keine Frühgeburt zu riskieren. Bei den Kontrolluntersuchungen war alles in Ordnung gewesen. Amelie ging es gut.

Die letzten Wochen bis Juni wurden sehr beschwerlich. Die Hitzewelle nahm kein Ende. Jeder Schritt wurde zur Qual.

Ich liebte es, am frühen Morgen, wenn es noch kühl war, auf dem Balkon zu sitzen. Dann fuhr ich ein paar Stunden in den Laden. Am Mittag, wenn es zu heiß wurde, ließ ich Simone allein. Mir wurde es zu anstrengend.

An einem Sonntag im Juni setzten die Wehen ein. Ich hatte schon einen kleinen Koffer gepackt. Ich hatte Frank versprochen, ihn anzurufen, wenn es losging. Er kam sofort und brachte mich in die Klinik. Allerdings wollte er nicht bei der Geburt dabei sein. Er hatte Angst, dass er ohnmächtig werden würde.

Die Wehen zogen sich über Stunden. Ich wusste irgendwann nicht mehr, ob ich es aushalten würde. Die Schmerzen waren unerträglich. Und dann war es auf einmal vorbei.

Der Arzt legte mir meine kleine, wunderschöne Tochter in den Arm. Ich war so glücklich wie noch nie in meinem Leben. Amelie war endlich da.

Als ich wieder auf die Station gebracht wurde, warteten schon Frank, Renate und sogar Simone auf dem Flur.

„Wir haben Amelie schon gesehen. Die Krankenschwester hat sie uns gezeigt, bevor sie auf die Säuglingsstation gebracht wurde. Sie ist zuckersüß!" sagte Renate und strahlte.

Frank nickte mir zu und sagte: „Gut gemacht! Sie ist wunderschön!"

Simone drückte mich fest. „Herzlichen Glückwunsch. Ich freue mich so für Dich! Irgendwie ist sie unser aller Kind."

„Ja, das ist sie. Ich danke Euch allen für Eure Hilfe in den letzten Monaten. Ohne Euch hätte ich das nie geschafft!" sagte ich. Ich merkte wie mir die Tränen kamen. Ich war einfach nur glücklich und unendlich müde.

„Wir lassen Dich jetzt allein. Schlaf ein bisschen. Wir kommen morgen wieder!"

Renate nickte den Beiden zu und sie verabschiedeten sich. Ich schlief schon, bevor sie die Tür hinter sich geschlossen hatten.

In der Nacht brachten sie mir Amelie, damit ich sie stillen konnte. Es war ein überwältigendes Gefühl, sie in den Armen zu halten. Ich war noch nie so glücklich.

1 Jahr später

Renate hatte einen Kuchen zu Amelies ersten Geburtstag gebacken. Wir saßen gemeinsam mit Frank, seiner neuen Freundin Beate und Bettina am Tisch und tranken Kaffee. Paul durfte die Kerze auspusten. Amelie klatschte vor Freude in die Händchen. Paul gab ihr einen Kuss auf die Stirn. Er war ganz verliebt in Amelie. Bettina und ich waren in den letzten Monaten richtige Freundinnen geworden. Sie hatte mir in den ersten Wochen sehr geholfen, wenn ich Fragen hatte. Bei Amelies erster Erkältung mit hohem Fieber, stand sie mir zur Seite und gab mir wertvolle Tipps.

Renate hatte die Oma Rolle übernommen und kümmerte sich rührend um Amelie, wenn ich im Geschäft war.

Der Laden lief mittlerweile so gut, dass ich eine weitere Verkäuferin einstellen konnte. Sie kam zwei Tage die Woche und entlastete uns alle sehr.

Frank und Beate boten sich gelegentlich auch als Babysitter an, so dass ich auch einmal Zeit für mich hatte.

Nachdem wir die Torte gegessen hatten und ich uns zur Feier des Tages ein Glas Sekt eingeschüttet hatte, zog Renate plötzlich einen Umschlag aus der Handtasche.

„Heute ist zwar Amelies Geburtstag, ich finde aber, dass Du auch ein Geschenk verdient hast", sagte sie feierlich und gab mir den Umschlag.

Ich schaute sie erstaunt an und blickte in den Umschlag. Ich zog völlig überrascht ein Flugticket heraus. Jubelnd fiel ich Renate um den Hals.

„Ist das Dein Ernst? Du kaufst mir ein Flugticket nach Valencia?" Ich war sprachlos.

„Ich finde, wir haben uns einen Urlaub verdient. Ich lade Dich ein mit mir nach Spanien zu fliegen. Ich wohne in der oberen Wohnung und Du unten. Dann bin ich in der Nähe, wenn Du Hilfe mit Amelie brauchst!" Renate strahlte.

Bettina klatschte in die Hände. Paul machte es gleich nach.

Frank sagte: „Renate, Du bist die Beste! Ich finde auch, dass Andrea mal hier raus muss!"

Amelie rieb sich die Augen. Ich brachte sie ins Bettchen.

Es war ein aufregender Tag für sie gewesen. Ich strich ihr über die dunklen Locken. Sie sah Ben jetzt schon sehr ähnlich.

Ich ging zurück ins Wohnzimmer und nahm Renate in den Arm.

„Vielen Dank Du Liebe. Das ist eine wunderbare Idee. Wann geht es denn los?" fragte ich.

Wir fliegen in zwei Wochen, dann haben wir noch genug Zeit, alles zu organisieren und in Ruhe die Koffer zu packen." Sie lächelte und tätschelte meine Hand. „Ich freue mich, mal wieder nach Spanien zu fliegen. Es ist schön für mich, nicht allein im Haus zu sein!"

„Du glaubst gar nicht, wie sehr ich mich freue. Die Sonne, Strand und Meer habe ich wahnsinnig vermisst. Ich werde Alejandro anrufen und fragen, ob er auch wieder in der Heimat ist. Ich möchte ihn und seine Familie so gern wiedersehen!" sagte ich.

Ich hatte den Kontakt zu Alejandro nicht abreißen lassen. Er hatte mich noch einmal besucht und war ganz verrückt nach Amelie. Sein Bruder war ja auch Vater geworden. Catalina und Enrique hatten ebenfalls eine Tochter bekommen.

In den nächsten beiden Wochen organisierte ich alles im Laden, so dass ich Simone und Katrin, die neue Verkäuferin, allein lassen konnte. Ich brachte Amelie süße Sommersachen aus dem Laden mit.

Ich konnte nicht wiederstehen und bestellte ihr einen kleinen Badeanzug. Ich selbst konnte meine Kleidung, die ich vor der Schwangerschaft getragen hatte, wieder anziehen. Ich hatte mein altes Gewicht wieder erreicht.

Am Tag der Abreise brachte uns Frank zum Flughafen. Renate hatte fast so viel Gepäck wie ich. Ich musste lachen, als sie den großen Koffer zum Aufzug rollte. Ich hatte für Amelie und mich auch nur einen Koffer gepackt, obwohl ich noch jede Menge Spielzeug eingepackt hatte.

Im Flugzeug saß Amelie auf meinem Schoß. Sie bekam einen Spezialgurt für Kleinkinder und war ganz brav. Zwischendurch schlief sie ein und schnarchte leise. Renate schaute zu mir hinüber und lächelte.

Als der Flieger in Valencia landete, wurde sie wieder wach und quengelte, weil sie Hunger hatte. Ich hatte ein Milchbrötchen für sie eingepackt. Daran knabberte sie jetzt.

Nach der Sicherheitskontrolle gingen wir zur Autovermietung. Wir hatten von Deutschland aus einen Wagen mit einem Kindersitz gemietet. Es klappte alles ganz schnell, weil Renate perfekt spanisch sprach. Nach einer Viertelstunde saßen wir im Auto.

Renate setzte sich nach hinten neben Amelie.

Es war sehr heiß, so dass ich gleich die Klimaanlage anstellte. Als wir aus Valencia hinausfuhren, wurde es im Auto langsam kühler. Die Sonne schien von einem strahlend blauen Himmel. Ich war auf einmal sehr glücklich. Alles kam mir bekannt vor. Ich fühlte mich, als ob ich nach Hause kommen würde. Als ich in den Rückspiegel schaute, sah ich wie Renate lächelte.

„Ist es nicht wunderschön hier? Ich habe das alles sehr vermisst", sagte sie.

Ich nickte und konzentrierte mich wieder auf den Verkehr.

Amelie brabbelte. Sie versuchte schon zu sprechen. Manchmal meinte ich Mama oder Oma aus dem Kauderwelsch heraus zu hören. Sie versuchte auch immer wieder zu laufen. Manchmal klappte es schon ganz gut. Jetzt begann die Zeit, wo nichts mehr vor ihr sicher war. Überall zog sie sich hoch, um Dinge vom Tisch zu ziehen. Ich war unheimlich stolz auf sie.

Nach ungefähr einer Stunde erreichten wir die Ausfahrt nach La Font. Jetzt war es nicht mehr weit bis zu Renates Haus. Mein Herz klopfte auf einmal wie wild. Was wäre, wenn ich Ben hier wieder treffen würde. Ich hatte mir immer mal wieder vorgestellt, dass ich ihn wiedersehen würde. Aber ich hatte keine Ahnung, wie ich mich dann verhalten sollte. Es war jetzt fast zwei Jahre her, seit ich das letzte Mal in Spanien war.

Ich sah Renates Haus schon von weitem. Jetzt bog ich auf den Parkplatz und stellte das Auto in den Schatten. Wir waren endlich angekommen. Vor uns lagen zwei Wochen, in denen wir uns nur erholen wollten.

Ich half Renate den schweren Koffer in die obere Wohnung zu bringen. Dann brachte ich Amelie in die Wohnung und holte unseren Koffer.

Eine Freundin von Renate hatte ein Kinderbettchen organisiert. Es stand neben meinem Bett im Schlafzimmer.

Ich legte Amelie hinein. Sie war müde von der Hitze. Ich gab ihr etwas zu trinken und kurze Zeit später war sie schon eingeschlafen.

Ich setzte mich eine Weile auf das Bett. In diesem Moment spielte in meinem Kopf ein Film ab. Ich sah Ben neben mir liegen. Er lächelte mich an und strich mir eine Haarsträhne aus dem Gesicht. Es fühlte sich alles so real an, dass ich weinen musste. Es dauerte ein paar Minuten bis ich mich wieder beruhigt hatte. Ich wischte mir die Tränen aus dem Gesicht und schloss leise die Schlafzimmertür hinter mir.

Nach dem ich den Koffer ausgepackt hatte, klopfte es an der Terrassentür. Es war Renate.

„Soll ich auf Amelie aufpassen, damit Du etwas einkaufen kannst?" fragte sie.

„Das ist eine gute Idee. Soll ich Dir etwas mitbringen?" antwortete ich.

„Ich habe eine paar Sachen aufgeschrieben." Sie gab mir einen Zettel.

„Gut, dann fahre ich jetzt nach La Font in den kleinen Supermarkt!" sagte ich und nahm den Einkaufskorb, den ich auch damals immer benutzt hatte.

Die Strecke in den nächsten Ort kannte ich noch genau. Ich kaufte die wichtigsten Lebensmittel ein. Für Amelie besorgte ich Kindernahrung und für Renate und mich noch eine Flasche Wein.

Ich schleppte alles zum Auto. Als ich gerade einsteigen wollte, hörte ich Jemanden meinen Namen rufen. Es war Brigitte Alvarez. Sie winkte und kam auf mich zu. Wir nahmen uns in den Arm.

„Hallo Andrea. Ich wusste, dass Du und Renate nach Spanien kommst. Trotzdem ein Zufall, dass wir uns hier begegnen. Wie geht es Dir?" fragte sie.

„Mir geht es wunderbar, jetzt wo ich wieder hier bin. Bei Euch läuft ja auch alles gut, dass weiß ich von Alejandro. Wir telefonieren regelmäßig", antwortete ich.

„Er kommt auch übermorgen nach Hause. Dann musst Du und Renate uns unbedingt besuchen kommen!"

Brigitte nahm mich in den Arm. „Ich bin so gespannt auf Deine kleine Tochter. Alejandro ist ganz vernarrt in sie."

Ich wollte sie fragen, ob sie etwas von Ben gehört hatte, aber ich traute mich nicht. Ich hatte Angst vor der Antwort. Ich war fast sicher, dass er mit Marisa Moreno zusammen war.

Wir verabschiedeten uns und ich versprach ihr, mich zu melden.

Wieder zurück im Haus, half mir Renate die Einkäufe in die Wohnungen zu tragen. Amelie saß auf dem Rasen vor der Terrasse auf einer Decke. Sie spielte mit einer kleinen Puppe und brabbelte fröhlich vor sich hin.

Renate kochte Spaghetti mit Tomatensauce für uns.

Am frühen Abend saßen wir auf meiner Terrasse und aßen mit Heißhunger. Ich hatte uns die Flasche Wein geöffnet. Wir stießen auf einen schönen Urlaub an. Ich war sehr glücklich. Amelie hatte auch etwas von den Nudeln gegessen. Sie hatte das ganze Gesicht voller Tomatensauce. Ich machte schnell ein Foto. Dann spielten wir noch ein bisschen mit ihr, bevor ich sie ins Bett brachte. Es war ein aufregender Tag für alle gewesen. Auch Renate verabschiedete sich bald. Ich saß noch lange im Freien und schaute auf das Meer.

Am nächsten Morgen weckte mich Amelie schon in der Frühe. Sie spielte mit einem Stofftier.

Ich schaute zu ihr hinüber und musste lächeln. Sie war ein so liebes Kind. Sie weinte ganz selten.

Ich beobachtete sie eine ganze Weile, dann stand ich auf und beugte mich über sie. Sie lächelte und versuchte nach meinen Haaren zu greifen.

„Amelie, wenn Du so weiter machst, habe ich bald eine Glatze!" sagte ich und lachte. Amelie schien es verstanden zu haben. Sie klatschte in die Händchen und griff wieder nach mir.

„Oh nein Fräulein. Du wirst in ein paar Jahren auch auf Deine Haare aufpassen mein kleiner Lockenkopf!"

Ich nahm sie aus dem Bettchen und ging mit ihr in die Küche. Renates Freundin hatte auch einen Kinderhochstuhl besorgt. Ich setzte Amelie hinein und kochte einen Kaffee. In der Zwischenzeit hatte ich für Amelie eine Scheibe Weißbrot mit Leberwurst bestrichen. Das liebte sie. Ich schnitt es in kleine Stückchen und sie stopfte sich gleich das erste Stück in den Mund. Sie saß zufrieden im Stuhl und aß das Brot, während ich mir auch etwas zum Frühstück machte.

„Sollen wir beiden Hübschen mal in den Pool gehen? Ich finde, wir haben uns eine Erfrischung verdient!" sagte ich.

Nach dem Frühstück zog ich Amelie den Badeanzug an. Sie sah entzückend aus. Ich hatte aus meinem Laden einen Babyschwimmreifen mitgenommen. Den pustete ich jetzt auf und nahm Amelie auf den Arm.

Ich kletterte zuerst in den Pool und hob anschließend Amelie, die unsicher am Beckenrand stand, ins Wasser. Es war angenehm kühl. Amelie quietschte und strampelte mit den Beinchen. Sie hatte sichtlich Spaß im Wasser.

Nach kurzer Zeit kam Renate zu uns in den Pool. Wir ließen Amelie zwischen uns hin und her paddeln. Wir mussten lachen, weil ihre kleinen Beinchen wie wild strampelten. Als ich sie wieder aus dem Wasser tragen wollte, quengelte sie und wollte nicht hinaus.

Aber die Sonne schien schon auf das Wasser und ich wollte nicht, dass sie gleich am ersten Tag einen Sonnenbrand bekam.

Ich setzte sie auf eine Decke und bestach sie mit ihrem Lieblingsspielzeug. Kurze Zeit später war sie wieder friedlich.

Renate und ich legten uns auf Gartenliegen neben ihre Decke. Es war wunderschön im Schatten der großen Palme zu liegen und auf das Meer zu schauen. Am Himmel hatten Flugzeuge weiße Streifen, wie bei einem Puzzle, am blauen Himmel hinterlassen.

„Denkst Du manchmal an Ben?" fragte Renate plötzlich.

Ich schaute zu ihr hinüber und antwortet ehrlich:
„Jedes Mal wenn ich Amelie ansehe. Sie sieht ihm
so ähnlich."

„Da hast Du Recht. Sie ist ein so hübsches
Mädchen. Aber die dunklen Augen hat sie von Dir."

Ich nickte und beobachtete Amelie, die jetzt zu
meiner Liege krabbelte und versuchte sich daran
hoch zu ziehen. Renate feuerte sie an. Als sie es
geschafft hatte, lächelte sie stolz und ließ sich
gleich wieder auf den Popo fallen.

Am Mittag legte ich Amelie ins Bettchen. Renate
saß auf meiner Terrasse und wollte sich ebenfalls
ausruhen.

„Wenn Du etwas unternehmen möchtest, dann
bleibe ich hier und passe auf Amelie auf."

„Ich glaube ich fahre einmal an den Strand!" sagte
ich. „Kann ich Euch allein lassen?"

Renate nickte.

Ich zog meinen Bikini unter meine Shorts und Shirt.
Ich packte ein Handtuch und etwas zu trinken ein.
Dann nahm ich den Autoschlüssel und fuhr ans
Meer.

Das Handtuch legte ich in die Dünen. Dann cremte
ich mich ein und wickelte ein Tuch um meine
Hüften.

Ich lief am Strand entlang und atmete tief durch. Ich musste daran denken, wie ich damals hier Alejandro getroffen hatte und zum Urlaubsende mit Ben hier entlang gelaufen war. Das war schon so lange her.

Ich ging etwas ins Wasser hinein und genoss es, dass der Wind meine Haare zerzauste.

Ein Jogger lief am Wasser entlang. Als er auf meiner Höhe war, schaute ich zu ihm hoch. Dann wurde mir schwarz vor Augen und ich wurde ohnmächtig.

Als ich wieder zu mir kam, sah ich Bens Gesicht über mir. Er machte ein erschrockenes und besorgtes Gesicht.

„Ben!" hauchte ich.

„Was machst Du denn hier Andrea?" fragte er und half mir, mich aufzusetzen.

„Ich bin mit Renate hier im Urlaub!" sagte ich und versuchte mich zu orientieren.

„Komm mal in den Schatten!" sagte Ben. „Du bist ganz blass!" Wir gingen ein paar Meter bis zu einem Baum. Ich hatte ganz wackelige Beine und ließ mich im Schatten wieder in den Sand fallen.

Ben setzte sich neben mich. Mein Herz klopfte bis zum Hals.

„Ist Dein Kind auch hier?" fragte er plötzlich und schaute mir tief in die Augen.

„Woher weißt Du, dass ich ein Kind habe?" fragte ich erstaunt.

„Ich war einmal vor Deinem Laden. Ich habe gesehen, wie Dein Freund über Deinen Babybauch gestreichelt hat. Ich gratuliere Euch!" sagte er bitter.

Also hatte ich mich damals doch nicht getäuscht, als ich gedacht hatte, ihn vor dem Laden gesehen zu haben.

„Du kannst nur mir gratulieren. Er ist nicht der Vater. Wir hatten uns doch schon damals getrennt, als ich hier in Spanien war!" sagte ich leise.

„Aber er war doch in Deiner Wohnung, als ich bei Euch geklingelt habe. Das war an dem Tag, als ich Renate den Schlüssel in den Briefkasten geworfen habe!" sagte Ben

„Er hat nur einen Handwerker in die Wohnung gelassen, weil ich einen Arzttermin hatte. Renate war zu dieser Zeit in Spanien. Ihr habt Euch verpasst!" antwortete ich.

Kein Wunder, dass Ben gedacht hatte, dass ich von Frank schwanger war. In meinem Kopf ging alles drunter und drüber.

Ich seufzte und schaute zu Ben hinüber. Er starrte auf das Wasser.

„Warum hast Du Dich nie mehr bei mir gemeldet?"
fragte ich jetzt voller Angst. „Ich habe mehrfach
versucht Dich anzurufen, hatte aber einmal nur
diese Marisa am Apparat. Danach war der
Anschluss tot!"

„Weil das Handy den Berg hinunter in eine
Felsspalte gefallen ist, als ich versucht habe, es
Marisa aus der Hand zu reißen. Sie hat es einfach
genommen, als wir noch einmal gemeinsam in
meinem Haus waren. Ich war wütend und wollte es
ihr abnehmen. Dabei ist es mir aus der Hand
gerutscht und liegt seitdem irgendwo unten am Fuß
des Berges."

Ich schüttelte sprachlos den Kopf.

„Warum hast Du Dich denn später nicht mehr
gemeldet?" fragte ich.

„Ich hatte Deine Nummer nicht aufgeschrieben.
Auch Renates Nummer hatte ich ja nur im Handy
gespeichert. Ich kam an keine Daten mehr heran.
Dann war ich ein paar Wochen später an Deiner Tür
und Dein Freund hat mir gesagt, dass ihr wieder
zusammen seid!"

„Was hat er gesagt? Wir sind nur noch Freunde. Er
hat mir nie erzählt, dass Du da warst. Ich kann das
alles nicht glauben!" sagte ich wütend.

„Und dann war ich ein paar Wochen später noch
einmal in Deutschland. Mein Roman war fertig und
ich war im Verlag und auf Promotion Tour."

Ich schaute ihn fragend an.

„Ich wollte noch einmal mit Dir sprechen. Ich habe Dich so vermisst. Dann war ich an Deinem Laden und habe Dich gesehen. Du warst schwanger und Dein Freund hat Dir über den Bauch gestreichelt. Was sollte ich da denken?" Ben stöhnte. Ihm fiel es schwer, darüber zu sprechen. „Ich dachte, er ist der Vater. Ich wollte Dich nie wieder sehen. Ich war so enttäuscht!" sagte er.

Mir fehlten die Worte. Ich versuchte die Situationen zu ordnen. Nach ein paar Minuten fragte ich dann: „Hast Du Jemanden kennengelernt? Oder bist Du mit Marisa zusammen?"

„Ich habe Marisa nach dem Hauskauf nur noch einmal getroffen. Aber es war nur noch, um sie zu beauftragen, einen Pool in meinem Garten bauen zu lassen."

„Und sonst? Gibt es Jemanden in Deinem Leben?" fragte ich atemlos.

„Nein!" Ben schüttelte den Kopf. „Darf ich Dich etwas fragen?" sagte er.

„Was willst Du wissen?"

„Wer ist der Vater Deines Kindes?" fragte er. Er schaute mir jetzt direkt in die Augen.

Ich nahm seine Hand und sagte leise: „Darf ich Dich morgen mit Amelie in Deinem Haus besuchen?"

„Sie heißt Amelie? Was für ein schöner Name!" antwortete Ben.

„Natürlich kannst Du zu mir kommen. Ich bin zuhause!" Er schaute mich fragend an. „Willst Du mir nicht verraten wer der Vater ist?"

Ich zuckte mit den Schultern und lächelte nur.

Ben stand auf und zog mich hoch.

„Geht es Dir besser?" fragte er. Ich nickte und wir gingen zurück zu der Stelle, wo ich mein Handtuch hingelegt hatte. Ich holte die Flasche Wasser aus der Tasche und trank sie halb leer. Danach reichte ich sie Ben, der den Rest trank. Er brachte mich noch bis zum Auto. Als ich einsteigen wollte, hielt er meine Hand fest. Er beugte sich zu mir und küsste mich leicht auf den Mund. Mir wurde wieder schwindelig, aber ich genoss es seine Lippen auf meinen zu spüren.

Als er mich wieder los ließ, sagte er: „Bis Morgen Andrea!" Dann drehte er sich um und ging wieder zum Strand.

Ich konnte es noch immer nicht glauben, dass ich Ben wieder getroffen hatte. Und jetzt wusste ich auch, wie diese Missverständnisse entstanden sind.

Ich war wütend auf Frank, dass er mir nicht gesagt hatte, dass Ben damals doch bei mir war. Auch wenn er gehofft hatte, dass ich zu ihm zurückkommen würde, hätte er mir das nicht verschweigen dürfen. Er hätte es mir wenigstens später sagen können. Ich war so enttäuscht.

Und gleichzeitig war ich glücklich, dass Ben nicht mit Marisa oder einer anderen Frau zusammen war. Dieser Moment am Strand in seinem Arm war einfach wunderbar.

Ich fuhr wieder nach Hause. Renate schlief auf der Terrasse. Ich schlich mich leise an ihr vorbei ins Haus. Amelie öffnete gerade die Augen und lächelte mich an.

„Morgen gehen wir Deinen Papa besuchen!" sagte ich und war so glücklich wie lange nicht mehr.

Ich bereitete ein paar Tapas für uns zu. Dann weckte ich Renate und erzählte ihr die Neuigkeiten. Sie war sprachlos und schüttelte bei meinen Erklärungen nur den Kopf.

„Das gibt es doch gar nicht. Da hat das Schicksal aber viele Umwege gemacht. Ihr habt so viel gemeinsame Zeit verloren!" sagte sie traurig.

„Die Hauptsache ist, dass wir jetzt die Wahrheit wissen. Ich habe nur Angst, dass Ben Amelie nicht akzeptiert. Wir hatten damals nie Gelegenheit über Kinder zu sprechen. Ich bin total aufgeregt!" antwortete ich.

„Es wird schon alles gut gehen!" sagte Renate.

Ich holte Amelie und nahm sie in den Arm. Morgen würde sich unser weiteres Leben entscheiden.

Nach dem Frühstück machte ich mich im Badezimmer fertig. Amelie war bei Renate in der oberen Wohnung. So konnte ich mich in Ruhe duschen. Ich legte ein leichtes Makeup auf und wurde immer nervöser.

Ich wechselte mehrfach meine Kleidung, bis ich mich für das Sommerkleid entschied, dass ich mir damals für die Feier bei der Familie Alvarez gekauft hatte.

Ich holte Amelie und trug sie zum Auto. Nachdem sie endlich im Kindersitz saß, musste ich mich erst einmal beruhigen. Meine Hände zitterten, als ich den Motor startete.

„Amelie, drück uns die Daumen, dass Dein Papa nicht aus allen Wolken fällt. Ich habe solche Angst davor, wie er reagieren wird!"

Ich kannte noch ungefähr den Weg zu Bens Haus. Am Ende der Straße bog ich ab, um auf die andere Seite des Berges zu gelangen. Ich erkannte den kleinen Ort wieder und suchte nach dem kleinen Weg, der zu Bens Haus führte. Im letzten Moment sah ich die Abzweigung und fuhr jetzt direkt auf das Haus zu. Mein Herz klopfte wie wild.

Ich parkte den Wagen im Schatten und befreite Amelie aus dem Kindersitz. Dann hob ich sie auf den Arm und ging langsam auf das Eingangstor zu.

Der Garten war nicht mehr so verwildert und ich erkannte den neuen Pool, der am anderen Ende des Gartens entstanden war. Ich atmete tief durch und ging durch den Garten zu der Terrasse. In diesem Moment kam Ben aus dem Haus. Er sah mich an und schaute dann zu Amelie.

In seinen Augen konnte ich sehen, dass er gleich die Ähnlichkeit zwischen ihm und seiner Tochter erkannte. Er war wie erstarrt. Ich ging auf ihn zu. Mein Herz klopfte mir jetzt bis zum Hals. Als ich auf der Terrasse ankam, schaute Ben immer noch ungläubig zu Amelie.

„Sie sieht aus wie ich!" sagte er jetzt endlich. „Sie ist meine Tochter?"

„Natürlich ist sie Deine Tochter. Hast Du gedacht, ich hätte mich so schnell mit einem anderen Mann getröstet?" Ich schaute ihn fragend an.

„Lass mir einen Moment Zeit. Ich muss das erst einmal begreifen. Ich habe eine wunderschöne Tochter!" Er hatte Tränen in den Augen.

Ich reichte ihm Amelie. Ben nahm sie auf den Arm und schaute sie glücklich an. Und Amelie griff nach ihm und sagte ihr erstes Wort: „Mama!"

Wir mussten Beide lachen. Ben streichelte über ihr Köpfchen und sagte: „Nein mein Schatz. Ich bin Dein Papa!"

1 weiteres Jahr später

Ich saß auf der Terrasse unseres Hauses in Spanien. Ben plantschte mit Amelie im Pool. Ich hörte sie jubeln. Das Wasser war ihr Element.

Nach unserer Hochzeit im letzten Jahr, hatte ich mein Geschäft an Simone verkauft und bin nach Spanien ausgewandert. Renate lebte mittlerweile ebenfalls in ihrem Haus. Sie wollte in unserer Nähe bleiben. Ich war sehr glücklich über diese Entscheidung.

Wir haben uns mit der Familie Alvarez angefreundet. Amelie und Enriques Tochter Julia sind fast im gleichen Alter. Amelie sprach mittlerweile deutsch und spanisch. Auch ich hatte mich in einer Sprachschule angemeldet und machte ganz gute Fortschritte. Irgendwann wollte ich hier in Spanien wieder einen Laden für Kindermode eröffnen.

Amelie kam jetzt pitschnass auf mich zugelaufen und kuschelte sich an mich.

„Das hat Spaß gemacht!" sagte sie. „Papa hat mich untergetaucht!" Sie lachte glücklich.

Ben kam jetzt auch auf die Terrasse und küsste mich lange. Dann setzte er sich neben mich auf meine Liege und streichelte über meinen Babybauch.

„Wie geht es denn unserem Nachwuchs?" fragte er.

„Er ist heute sehr lebhaft und hat mir schon ein paar Tritte verpasst!" antwortete ich. „Ich bin froh, wenn er nächsten Monat zur Welt kommt. So langsam wird es anstrengend!"

„Und Amelie kann es auch kaum noch abwarten, dass ihr Brüderchen kommt!" sagte Ben stolz.

„Dann müssen wir uns so langsam mal Gedanken machen, wie er heißen soll!" sagte ich. „Diesmal darfst Du den Namen aussuchen!"

Ben beugte sich zu mir hinunter und flüsterte mir ins Ohr: „Ich liebe Dich Andrea. Du machst mich sehr glücklich!"

Amelie schaute zu uns hinüber. Dann kletterte sie auch noch zu mir auf die Liege. Sie schaute auf meinen Bauch und dann sagte sie: „Er soll Lukas heißen!" Sie schwenkte dabei ihr gleichnamiges Stofftier.

Ben und ich schauten uns an und lächelten.

Ben zwinkerte mir zu, dann hob Amelie er hoch und wirbelte sie durch die Luft. Sie quietschte vor Vergnügen

„Du bist mein schlaues Mädchen!" sagte er. „Lukas ist ein wirklich schöner Name!"

Bibliografische Information der Deutschen Nationalbibliothek:
Die Deutsche Nationalbibliothek verzeichnet diese Publikation
in der Deutschen Nationalbibliografie; detaillierte bibliografische
Daten sind im Internet über dnb.dnb.de abrufbar.

Herstellung und Verlag: BoD – Books on Demand, Norderstedt

ISBN 978-3-7494-2023-0